Bernd Hensel

Kalte Wärme

Herstellung und Verlag
BoD - Books on Demand
Norderstedt 2014
ISBN 9783735739704

Bernd Hensel, Diplom-Soziologe, lebt als freier Autor in Saarbrücken. Neben Tätigkeiten in der Beratung, Marketing und Politik beleuchtet er die Welt in Kurzgeschichten, Romanen und heute der Spezialisierung in Biografien. Nach „Der Straßenkämpfer", „Der alte Rebell von gestern" oder „Mutternarben" ist „Kalte Wärme" ein Lebensabriss in der Auseinandersetzung einer Frau mit der Familie.

mein dritter frühling

duft
des blühenden holunder
nächtliches
fahrradfahren
fotografieren
das leben leicht nehmen
verliebt sein
in
DICH

(Ursel Kar)

Es regnet oft in ein geschlossenes Haus, wenn das Fundament nicht richtig installiert ist. Man nennt das: „Ich habe auf Sand gebaut." Dann ensteht das, was viele nennen: „Unter jedem Dach ein Ach." Heute ist jeder Dritte psychisch krank. In der Zeit, als Brigitte groß wurde, begann ein Spießrutenlaufen, das sich bis zum heutigen Tag vollführt.

Familienmitglieder, die sich gesund fühlen, projezieren ihre eigenen Schwächen in die Krankheit der Schwester oder Tochter, um sich noch gesünder zu fühlen und abzuheben. Keiner überlegt noch, wie es Brigitte geht, Hauptsache eigene destruktive Aggression abgelassen.

Die folgende Chronik ist ein Lebensabriss, der nicht anklagen will, aber für alle interessant, die ein Familienmitglied verstehen wollen, das immer für die Menschlichkeit gekämpft hat.

Dietmar

Die Erinnerung von Brigitte begann mit fünf Jahren und erinnerte an den Bruder Dietmar, zwei Jahre und sechs Monate älter und Beate, ein Jahr und sechs Monate älter. Der Vater kam immer sonntags eine halbe Stunde zu spät vom Frühschoppen.

Der Familientag war schon in seinem Heil unterbrochen, weil die Mutter sich nicht flexibilisierte, aber vielleicht wäre der Vater auch zu spät bei einem anderen Termin als 12 Uhr gekommen. Im Saarland wird pünktlich gegessen.

Das Essen war fertig und schon war immer Zoff. Beate spülte ab und Brigitte brauchte nichts zu machen. Dann legte sich der Vater und dann kam die Mutter später. Dann wies Dietmar seine Geschwister darauf hin, dass die Eltern „bosseln" und bald wieder ein dicker Bauch der Mutter zu bewundern ist.

Die Familie war eigentlich offen im Umgang der Liebe der Eltern. Nur verwunderlich, dass Brigitte lange nichts über die Vereinigung der beiden Geschlechter wusste. Aufklärung an der Schlafzimmertür, aber ohne es ins eigene Leben transferieren zu können.

Dietmar wünschte sich immer ein Brüderchen, dafür kam Moni nach Brigitte nach zwei Jahren. Insgesamt gab es acht Kinder, ob nur produziert sonntags entging den Kindern des Nachts. Dietmar war sehr fit und lernte Kaufmann.

Der große Bruder übernahm Verantwortung für seine Geschwister, was oft zu früh ist für ein Kind in seiner Entwicklung. Und durch Überforderung entstehen Risse im Ich, die durch andere gefüllt werden und sich immer, wie man sich das wünscht.

Mit 18 Jahren kam Dietmar zum Bund für 18 Monate. Dort ereignete sich ein Mordfall, der ihn seelisch aus der Bahn warf. Auf seiner Schicht entkam er nur knapp dem Tod. Brigitte erinnerte sich, dass er kein zweiter Vater war, sondern seine Geschwister abgöttisch liebte.

Dietmar hatte früh erlebt, wie nah manchmal Leben und Tod sind. Es entwickelte sich ein anderes Verhältnis zur Realität. Er war der Älteste und ging seine eigenen Wege. Innerlich war auf einmal eine Egaleinstellung.

Dietmar beschützte seine Geschwister. Er war eifersüchtig bis zur Hochzeit von Brigitte. Aber er begann krumme Dinger zu drehen. Er fing an, die Arbeit zu beenden. Bund okay, aber danach hatte er innere Angst. 1969 Lebach, Schichtwechsel mit ewigen Vorwürfen. Er verweigerte.

Die Eltern hatten keinen Einfluß mehr auf Dietmar und die Geschwister zu jung und unerfahren. Heute wäre es ein Fall für einen Traumapsychologen der Bundeswehr gewesen, um Dietmar seine Ängste und Selbstvorwürfe zu nehmen.

Die Eltern übernahmen mit 17 Jahren die Gaststätte Jahn und der Vater verweigerte Dietmar die Arbeit. Er wäre sein bester Kunde, dafür war die Kontrolle über die Geschwister. Er wurde auch handgreiflich.

Dietmar schlitterte und wurde ausgegrenzt. Es war ein Gefühl der Ohnmacht oder der Aggression gegenüber den Eltern. Die Geschwister liebte er, aber der Vater wurde ihm zu stark und unberechenbar erschien sein Wesen.

Er entwendete Familienschmuck und bekam vom Vater Schläge. Brigitte war schon verheiratet und wurde um Hilfe gebeten, aber Dietmar war nicht beizukommen und wurde Gammler in Saarbrücken, tief unten.

So spielt manchmal das Schicksal, selten zeigt der Weg ganz nach oben, oft sind es Schlitterwege, die Gräben reissen und bis heute alle vor den Kopf stossen. Dietmar wurde geliebt, aber funktionierte nicht mehr und das für viele entscheidend.

Dietmar wurde umgebracht vor 30 Jahren in der Pfalz, niemand will es wissen unter welchen Umständen. Die Mutter setzte sich gegen den Vater durch, dass er beerdigt wurde in der Heimat. Brigitte erinnert sich an das Positive und verzichtet auf die Negativa in ihren Träumen, aber mit viel Trauer.

Es war der erste große Schicksalsschlag in der Familie, wo Hilflosigkeit angesetzt war. Niemand wusste sich zu helfen, der Vater auf keinen Fall, die Geschwister mit gefesselten Händen, nur die Mutter behielt klaren Kopf.

Die Familie

Zur älteren Schwester Beate hatte Brigitte ein gutes Verhältnis, obwohl sie retschte, das heißt sie konnte nichts bei sich behalten. Der Keller war ihr, weil Dietmar Angst hatte, den nachts zu betreten. Beate sang die Angst weg.

Eigentlich war alles in Ordnung. Es war Zusammenhalt und Brigitte wuchs behütet auf, obwohl die Geschwister stärker waren. Aber das zeigte sich sowiseso im Leben, dass Brigitte immer einen starken Part an der Seite brauchte.

Dietmar sagte zu Beate Atzel, die eben gut singen konnte. So sind Spitznamen in der Jugend wie im Erwachsenenalter wichtig zur Definition der Persönlichkeit. Lustig war sie nicht, weil sie früh Verantwortung übernahm.

Die Kinder waren in dem großen Haushalt gefordert. Reife war wichtig, aber es sollte noch kindgerecht sein. Konnte das die Mutter tragen? Der Vater ging seiner Arbeit nach und war groß, so enorm wie die Schar von zehn Personen.

Brigitte bekam es immer auf die Nase. Alle machten das. Die Mutter verwöhnte die Kinder nicht, aber machte alles für das Kind. Sie hatte keine Zeit für Liebkosungen, Haushalt, Familie, genäht, gewaschen bis zur Nacht.

Jedes Kind braucht Wärme, die sicherlich in der Obhut vorhanden, aber mit Distanz, ein Abstand, der Kinder sich oft etwas wünschen lässt, was sie später beim Partner suchen und irgendwo, wo sie es nie finden.

Die Mutter nähte Kommunionskleider von Hand. Sie waren auch teuer mit viel Fleiß und Liebe gemacht. Aber zu der Wärme in der Familie war immer eine gewisse Kälte zu spüren. Nicht verwunderlich, dass dann eine Spaltung entsteht.

Moni konnte schon mit fünf Jahren die Zeitung lesen. Für Brigitte war das nicht die Stärke, aber sie fühlte sich nicht zurückgesetzt. Jedes Kind hat schon seine Vorzüge und bei Brigitte war es die Emotion, eigentlich alles für andere tun zu wollen.

Das ist auch der entscheidende Punkt in der Familie. Die Mutter tat alles materiell, Brigitte umsorgte die Familie mit ihrem großen Herz, einer Gabe, die wesentlich im Leben, aber von vielen nicht genügend geachtet wird.

Schule

Brigitte konnte noch nicht die Tüte heben und kam in die Schule. Sie war schön, aber anstrengend von dem Fußmarsch hin und zurück. Es war eine Zwergschule mit ihren Geschwistern zusammen mit einem guten Lehrer.

Wieder war keine eindeutige Abgrenzung zu spüren von der Familie durch den ständigen Kontakt mit den Geschwistern. Wann würde Brigitte einmal etwas alleine tun? Sie hatte nie Zeit zum Luftholen.

Nach kurzer Zeit kam Brigitte wieder aus der Schule. Sie machte eine Stunde mit und ist wieder eingeschlafen. Die Mutter entschied, noch ein Jahr sie laufen zu lassen. Konzentrationsschwierigkeiten, die sich früh zeigten in der Überforderung.

Das Nesthäkchen streikte bei den Anforderungen, die aufs Leben vorbereiteten. Lieber behütet in der Nestwärme der Mutter, obwohl sie das doch eigentlich nicht wollte. War da die frühe Krankheit schon zu spüren?

Brigitte brauchte nicht mehr in die Schule und sollte in den Kindergarten, wie die Mutter befahl, aber Brigitte wollte nicht. Jedoch der Vater entschied in dem Kampf, dass Brigitte zu Hause bleib. Brigitte setzte ihren Kopf durch. Die Zeit im Kindergarten vor der Schulzeit war ausreichend.

Es ist doch perplex, dass in wichtigen Situationen für Brigitte sich immer der Vater durchsetzte. Die Mutter gab knirschend nach, aber auch so dass es für Brigitte nicht einfach war die Familienentscheidungen mitzutragen.

Brigitte wollte keinen Rückschritt und hatte sich geschämt. Schon früh zeigte sich dann schon ihr späterer Beruf. Sie nähte zu Hause viel im Vorbild ihrer Mutter. Dann kam sie mit knapp sieben Jahren nochmals in die Schule.

Brigitte wollte besser sein als ihre Mutter. Es war ein früher Konkurrenzkampf, den der Vater beobachtete, in seiner Liebe zu Brigitte und dem wachsamen Auge der Mutter. Was störte sie an Brigitte? Das bleibt wohl mit viel Phantasie behaftet.

Ab der siebten Klasse kam Brigitte von der Volksschule in die Haushaltsschule. Beate machte auch mit dem Busfahrer den wilden Mann, der sich später totfuhr. Es wurde kein Ersatz bestimmt, so dass die Kinder letztlich ihr Ziel erreicht hatten.

Kinder sind oft viel brutaler als Erwachsene. Sie testen sich aus, sie spalten, sie konkurrieren. Ist das die Vorbereitung aufs kapitalistische Leben? Man könnte es meinen, aber ist es auch naturgegeben? Freud würde Ja sagen, andere nicht.

Die Lehrerin in der Schule war brutal und Brigitte hatte Angst. Sie bekam viel auf die Finger mit dem Stock. Brigitte konnte schon damals den Mund nicht halten und wurde dann in den Schrank gesperrt.

Brigitte störte und bekam die Sanktionen, Maßnahmen, die sich auch später zu spüren bekam. Sie wurde gemaßregelt. Das ist eine wichtige Erfahrung, aus der Brigitte aber in ihrem ganzen Leben keine positiven Konsequenzen zog.

Die Kinder mussten ruhig sein und Brigitte war redselig und konnte gut knipsen. Aber Brigitte quatschte weiter und bekam die Konsequenz im Zeugnis. Brigitte sah sich als schlechte Schülerin, war sie es?

Das Fremd- und Selbstbild sind manchmal unterschiedlich. Brigitte hatte extreme Fähigkeiten, aber immense Konzentrationsschwierigkeiten. Sie war ein Clown, der als Hofnarr die Obrigkeit sehr gut unterhalten konnte, bis zu dem Punkt, wo es allen zu viel wurde.

Mangelhaft hatte sie in Deutsch, Verhalten, dafür aber sehr gut in Mathe, Religion und gut in Sport. Aber sie lernte früh Danke zu sagen, was viele bis ins hohe Alter nicht können. Brigitte war ehrerbietig.

Günter

Brigitte hatte eine Sandkastenliebe, mit der sie noch mit 17 Jahren spielte. Günter ging von der Schule und studierte später. Er ließ sie nie den Unterschied spüren, sondern hielt immer zu ihr. Eine Freundschaft, die lange hielt.

Oft sind frühe Kontakte eine Liebe fürs Leben. Brigitte konnte feste Bindungen eingehen. Sie konnte sich umarmen lassen und gab Wärme. Aber sie empfand die Umgebung oft als kalt und bekam wenig von ihrer Vorleistung zurück.

Günter musste bis abends lernen, aber heute hat sie keinen Kontakt mehr zu ihm. Er hat Familie und nach jungen Jahren erkannten sie sich nicht mehr. Günter hatte durch die Liebe schon eine Glatze, die ihn älter machte.

Es war Bewunderung vorhanden, aber auch Distanz, als Brigitte dann heiratete und Günter seinen eigenen Weg ging. Schön so eine frühe Liebe, aber auch nicht entscheidend für das spätere Leben, das in Kurven verläuft.

1983 war Klassentreffen mit Günter, der sie aufgeklärt hatte, dass man vom Küssen keine Kinder bekommt. Aber letztlich kommt Brigitte besser mit Frauen aus als mit Männern. Oder ist es falsche Wahrnehmung?

Bei Männern weiß man nicht, wie sie reagieren und sie erscheinen Brigitte als schwierig. Und das trotz der langen Liebe in Jugend und der frühen Heirat. Und das mit dem komplizierten Verhältnis zu den Geschwistern.

Ist da ein Angstverhalten, was sich in verschrobener Sexualität des 19. Jahrhunderts zeigt? Brigitte konnte nie frei atmen und geniessen. Sie trat immer auf die Bremse, wenn es schön wurde und zog den Slip schnell wieder hoch.

Der Ehemann Werner wünschte sich immer einen Sohn, bekam aber nur den Stammhalter als Enkelsohn von seinen Töchtern. Es war eben noch in der Generation entscheidend, seinen Surplus männlich zu vererben.

Es ist wirklich auffallend, dass nach dem Krieg die antiquierten Vorstellungen weiter das Sagen hatten. Es war noch keine Demokratisierung der Familie. Beide waren auch nicht revolutionär genug, sich frei durchzusetzen.

Vater

Zu Brigittes Vater hatte sie ein einwandfreies Verhältnis. Wenn er Nein sagte, hieß es auch so. Aber wenn sie ihn so mit den Augen anflunkerte, wurde er auch schon einmal weich. Er wusste es und akzeptierte es auch.

Von daher ist es nicht ganz begreiflich, dass Brigitte als Vaterkind nicht besser mit Männern auskam als mit Frauen. Als verwöhnte Kleine konnte sie sich schon durchsetzen und ihre weiblichen Reize mit Wünschen ausspielen.

Zu 80 % war es Nein und mit 20 % Ja. Brigitte hatte ihren Vater meistens um den Finger gewickelt. Sie wusste, wie es ging aus ihrem fraulichen Charme, dem auch heute viele nicht widerstehen können.

Das Pareto-Prinzip gilt noch immer. Mit 20 % Aufwand erreicht man 80 % Erfolg und das hatte Brigitte bis heute drauf. Mit minimalem Einsatz kommt sie durchs Leben und negiert aber zu wenig die Negativa des Schicksals.

Brigitte musste immer Veranwortung aufnehmen. Die kleineren Geschwister kommen zu Beate und ihr. Der kleine Heribert durfte später nicht mehr bei Brigitte schlafen, sondern musste zum Bruder. Es war Sittsamkeit in der Familie.

Abgrenzung sind wichtige Elemente, die der Vater konnte, aber nicht alle seine Kinder. Brigitte läuft in jede Beziehung, wird enttäuscht und revoltiert dann. Sie kann nicht allein sein aus der Sozialisation der Großfamilie.

Die Erziehung übernahm in der Hauptsache die Mutter, während der Vater fest in Frankreich Autos lackierte und schwarz zu Hause, wo Brigitte helfen durfte. Sie war stolz auf ihren Vater am Wochenende die kleine Frau zu sein.

Es war die Konkurrenz zur Mutter und das ließ sie die junge Tochter spüren. Man darf den Mann nicht ihr abnehmen, typische Gedanken unter Frauen, wenn die Liebe sich teilt. Kinder spalten immer und verwöhnte umso mehr.

Brigitte wurde immer zur Knoddelarbeit vom Vater gebraucht. Es ist ein schönes Gefühl benötigt zu werden, sowohl für Erwachsene als auch für Kinder. Denn wer nicht mehr im Gespräch und nichts mehr leisten kann, ist eigentlich tot.

Sie hatte Fähigkeiten, die andere Geschwister nicht aufweisen konnten. Der kleine Faden, die kleine Oese. Brigitte hatte Geduld für die Arbeit des Vaters und war seine Assistentin, verwöhnt und geliebt und sich nicht zu fein zu arbeiten.

Der Vater zahlte keinen Lohn, aber später spendete er einen Urlaub mit dem Opa und drei Mädchen. Es war ein herrliches Dankeschön für die Tätigkeit, die eigentlich keine Pflicht war. Brigitte konnte sich freuen und die Erinnerung bleibt ewig bestehen.

Das ist der Dank, wenn man auch einmal mit 7 Jahren umsonst arbeitet. Auch später sollte sich jemand auf die Fahnen schreiben, nicht für jede Gefälligkeit Geld zu nehmen. Freundschaft ist wichtiger und wird auch heute noch ideell oder materiell entlohnt.

Brigitte hatte ihren Vater im Griff und liebte ihn abgöttisch. Sie ging bei Problemen nicht zur Mutter, sondern zum Vater. Sie kam spät in die Pubertät und dann ging der Vater mit ihr zum Frauenarzt, untypisch.

Verkehrte Welt, was aber bei vielen Kindern sieht, die später psychotisch reagieren. Sie laufen zum Vater und sind Vaterkinder. Es gibt eine Theorie, die das erklärt und wird noch ausgeführt.

Zum Arzt ging Brigitte nicht gern, schon aus dem Grund, dass es immer eine Woche dauerte, bis der Krankenschein aus Frankreich da war. Dann waren meist schon alle Spatzen gefangen. Die Zähne waren schlecht durchs Schnäken.

Schon früh zeigte sich da, dass Unwohlsein durch Süßigkeiten kompensiert wurde, eine Vorstellung die sich gerade bei Frauen zeigt, während Männer bei Stress zu Nikotin und Alkohol greifen. Man sollte sich aber auch anders etwas Gutes tun.

Der Zahnarzt war brutal zu Brigitte und schlug ihr auf den Backen. Sie hatte Angst. Man durfte mit Brigitte nicht brutal umgehen. Sie baute schnell ans Wasser und schrie nach Hilfe. Bis heute ist sie zu gut für diese Welt.

Die Eltern

In einem Ehepaar mit Kindern geht es ohne Streitigkeiten nicht, denn die Mutter monierte, dass der Vater ein Feierabendbier trank. Nicht nur, dass sie wartete, sondern das kostete auch Geld.

Der Vater nahm sich die Freiheit, aber es war nicht willkommen. Zu der Zeit war im Saarland ein Frühschoppen und Abendbier vollkommen normal für einen Familienvater.

Der Vater arbeitete auch nebenher, so dass er es sich nicht nehmen ließ. Er spielte Schach, Skat oder am Automaten. In den Bereichen hatte er Glück bei geringen Einsätzen.

Man kann nicht nur aus Familie und Arbeit existieren, es muss auch eine männliche Abwechslung sein. Der Vater ging seinen Weg über Jahre und sorgte für persönliche Entspannung.

Der Vater sorgte materiell für seinen Nachwuchs, auch durch die Höhe des Kindergeldes. Mit 58 Jahren war die Stelle in Frankreich nicht mehr aktuell und er weigerte sich für das Fließband zu arbeiten.

Die Sonne ging unter, aber der Vater hatte genug geleistet. Es galt jetzt für die Familie ihn als Chef und Hauptternährer abzulösen. Mit acht Kindern und einer gesunden Frau war die Grundlage gelegt.

Mit 60 Jahren bekam er einen Hirnschlag, einseitig gelähmt und etwas behindert. Brigitte kämpfte um den Vater, weil die Mutter ihn abschieben wollte.

Hier zeigte sich das Naturell von Brigitte. Sie liebt die Menschen und Verwandtschaft liegt ihr besonders am Herzen. Sie gibt keinen Menschen auf.

Der Vater konnte nur noch ein paar Wörter sprechen. Brigitte bekam Streit mit der Mutter, die kalt reagierte. Brigitte ist warm und der Vater konnte aufgrund ihrer Fürsorge wieder laufen.

Das sind doch Wesensmerkmale bei Brigitte, die kein Mensch bezahlen kann. Nie aufgeben, immer für andere dasein, sich aufopfern. Brigitte wäre eine gute Krankenschwester geworden.

Es war Brigittes Verdienst, denn sie liebte ihren Vater mehr als ihren Ehemann. Der Vater ist jetzt 17 Jahre tot und Brigitte muss noch immer um ihn weinen.

Brigitte war eben ein typisches Vaterkind und von daher ist das Verhältnis zum Ehemann so gestaltet, dass der seinem Schwiegervater das Wasser nie reichen konnte.

In der Heimat weint Brigitte immer. Sie muss kämpfen, aber die Mutter wird auch schon 88. Für jeden ist einmal die Zeit abgelaufen. Aber man lebt in den Verwandten weiter, egal ob man an Auferstehung oder sonstiges glaubt.

Die Mutter ist heute überlastet, auch mit den Krankheiten der Kinder. Brigitte pflegte beide Elternteile nicht, aber sie war beratend zur Stelle, insbesondere in der Krankengymnastik für den Vater.

Problem ist nur, dass Brigitte sich nicht so helfen kann wie anderen Leuten. Sie füllt ihr Ich durch andere, aber sie steht oft selbst vor einem Berg, der nicht abtragbar ist.

Brigitte braucht selbst Hilfe und ist allein. Die Entscheidungen werden von ihr getroffen, aber sie frägt vorher Gott und die Welt, ob für Wohnung oder persönlichen Weg.

Sie ist in ihrem Wesen unsicher und leicht führbar. Sie schwankt, aber steht immer wieder auf mit großem Respekt vor einer Frau, die immer darauf angewiesen war zu kämpfen.

In der Ehe wurden alle Entscheidungen vom Mann abgenommen, ob handwerklich oder finanziell. Sie kämpfte, im Elternhaus wurden Entscheidungen von der Mutter abgenommen.

Selbst ist die Frau, muss man da sagen. Jeder muss seinen eigenen Weg gehen, ob verheiratet oder nicht. Das große Loch kommt, wenn Mann, Vater oder Mutter nicht mehr da sind.

Als junge Frau erpresste sie die Eltern durch eine Lüge, weil sie eine Schwangerschaft vortäuschte, um zu heiraten. Sie gab später eine Fehlgeburt vor, die auch nicht stimmte.

Da merkt man, welche Energie in dem kleinen Persönchen mit 153 cm liegt, wenn sie etwas wirklich will, denn Werner war ihre große Liebe und sie wollte vor 21 aus der Familie heraus.

Sie arbeitete mit dem Mann in Frankreich mit einem Unfall. Zwei Meter auf den Boden mit lautem Kreischen und Verstauchung des Fußes im Krankenhaus – Fehlgeburt.

Die Erpressung kam nie heraus durch diese Aktion, aber letztendlich etwas, das man nicht macht. Die Wahrheit ist die beste Lüge und hat längere Beine. Brigittes Ehe war vorbelastet.

Bei vollendeten Tatsachen war kein Hören mehr auf die Eltern notwendig. Brigitte war nur noch ihrem Mann Rechenschaft schuldig. Sie arbeitete ein Jahr in Frankreich, aber ohne Rentenanspruch.

Brigitte hatte sich auf einmal vom Elternhaus abgenabelt und stand auf den Füssen des Mannes. Gut so, aber die Abhängigkeit wurde nur auf ein neues Opfer übertragen.

Es war keine Mussehe, aber die Eltern belogen und Werner war auch noch nicht volljährig. Es war die einzige und letzte Erpressung, die Brigitte in ihrem Leben durchgeführt hatte.

Es war eine bewusste Lüge, die eigentlich gar nicht so zu Brigittes Charakter passte, aber es zeigt auch, wie viel Energie in ihr steckt, wenn sie wirklich etwas in der Partnerschaft will.

Der Vater machte es sich über den rothaarigen Schwiegersohn lustig. Man kann ihm nicht trauen, er hat es faustdick hinter den Ohren. Die Eltern waren doch nicht so naiv, alles dem neuen Paar zu glauben.

Das Verhältnis war belastet und das hatten sich Werner und Brigitte selbst zuzuschreiben. Der Vater kannte seine Tochter und die Mutter war aufgrund ihrer Erfahrung sowieso nicht hinters Licht zu führen.

Brigitte wollte aus der Familie heraus, sieben Geschwister ohne eigene Kleidung. Sie wollte ihr eigenes Reich und mit Werner brach sie aus. Es kribbelte bei beiden.

Heute ist man mit 18 Jahren volljährig und Brigitte hatte die Reife, Werner sowieso. Von daher wurde das Flunkern auch irgendwann akzeptiert, die Ehe funktionierte ja.

Der Vater meinte aber vor der Ehe den Lohnzettel sehen zu wollen von Werner. Die Mitgift war die Arbeit als Näherin und Kleidung, Schlafzimmer von den Eltern und die bezahlte Hochzeit.

Es war alles noch etwas altertümlich, aber Brigitte kämpfte mit Händen und Füssen um ihr Glück. In ihr steckt eine Kraft, die als starker Überlebenswille bezeichnet werden kann.

Brigittes Familie war größer, von Werner, zwei Jahre älter, waren nur zehn Leute da. Der Vater war sehr altmodisch und schlug öfter, Werner war sanft und fürsorglich.

Brigitte verliebte sich also nicht in den gleichen Typus Mann. Sie hatte ihren Vater aber immer in der Hinterhand, der die schützende Hand über seine Tochter hielt.

Selbst am Boden schlug er noch zu. Werner schlug Brigitte einmal, als er schon todsterbenskrank war. Sie wollte ihn dann bei Wiederholung ins Hospiz schaffen.

Brigitte ließ sich nichts gefallen. Sie wusste, was sie bei Männern wollte und suchte immer die Harmonie in der Liebe, die sie letztlich auch fand, beim Vater und Ehemann.

Brigitte hatte auch Freiraum im finanziellen Bereich und Werner freute sich über das Geschick seiner Frau. Am Ende war er durcheinander und Bianca, die älteste Tochter, meinte, er solle sich umbringen. Alte und Kranke konnte sie nicht leiden.

Der Sozialdarwinismus der Frauen

Brigitte geriet völlig aus der Art. Von der Mutter bis zu Schwestern und den Töchtern setzte sich ein sozialdarwinistisches Denken durch, das nur darauf aus war zu selektieren.

Wer einmal krank reagierte, war nicht lebenswert. Wer den Lebensabend erreicht hatte, sollte sterben und Pflege war unsinnig. Dabei hat jeder Mensch in sich einen Wert.

Einen Wert, den der Mensch nicht beenden soll. Wer sich selbst umbringt, trifft eine Entscheidung, aber sie sollte nicht von der Umwelt und schon gar nicht von den Kindern forciert werden.

Brigitte empfand diese kalte Wärme als unmenschlich und war in ihrer Sozialisation, gerade zum Vater nicht gegeben. Fehlte es an Wärme in der Familie Welsch?

Brigitte sollte es erkennen bis zu dem heutigen Tag den Namen wieder abzulegen. Hatte sie doch den falschen Mann geheiratet, der so gut zu ihr war?

Nein: Für die Entwicklung der Kinder hat man nicht die volle Verantwortung. Vielfach gehen sie durch eine Sozialisation und haben eine eigene Gehirnstruktur oder Charakter, den man akzeptieren und achten muss.

Aber: Nicht auf Kosten der Umwelt und in spätem Alter beginnt sich Brigitte vom Sozialdarwinismus der Familie in der Weise abzugrenzen, dass sie die eigene Menschlichkeit in den Vordergrund stellt.

Erkenntnisse

Bianca ist ein Welsch und Wachs, kalt und hacken anderen den Finger ab. Ähnlich wie der Vater muss Brigitte sich abgrenzen und in einer neuen Grundfamilie vereinigen.

Es ist wichtig Erkenntnisse zu sammeln und Konsequenzen zu ziehen. Brigitte kann es heute, ohne jedoch alles in den Alltag umzusetzen. Aber es ist nie zu früh zum Frühstücken, wie englische Gastronomen um 4 Uhr nachmittags sagen.

Die Enkelin ist ein Bähr, nicht eiskalt wie die Welsch. Brigitte ist ein Orginal der Familie Bähr, liebend und warm. Sie soll nach Therapeut wieder den Bähr zeigen und diesen Namen annehmen.

Es wäre ein Zeichen, das allen neben Kleidung und Frisur zeigt, dass sich Brigitte zur Wärme verändern möchte. Sie ist auf einem guten Weg das Ziel zu erreichen.

Nie hatte Brigitte daran gedacht, den Namen abzulegen, er ist ja auch schöner, aber sie war immer nur die Frau von Werner. Nicht unsere Brigitte, akzeptiert gefühlt?

Wenn man anders ist, fallen viele über die Persönlichkeit her. Brigitte erkennt die Situation spät, kehrt aber zu ihren Grundwurzeln als Vaterkind zurück.

Werners Schwester war eine eiskalte Frau, auch mit dem Namen Brigitte. Sie ist tot für die zukünftige Frau Bähr. Nach Jahren wird sie neue Wege gehen, die viele überraschen.

Vater und Werner

Man darf keine Kinder schlagen, sagte Werner, dazu im Gegensatz der Vater. Werner konnte auch weinen, der Vater und die Mutter nicht. Beide waren Handwerker.

Es gab Ähnlichkeiten der Herzlichkeit, aber die Verhaltensweisen waren anders. So war Brigitte in einer Familie, die eigentlich okay war, aber einiges lief aus dem Ruder.

Werner war der beste Bodenleger im Umkreis. Der Vater ging nicht fremd, aber Werner 1991 für ein Jahr. Er war flexibel, der Vater eben treu. Die Bähren sind verheiratet mit allen Konsequenzen.

So waren doch die Unterschiede und glücklich war Brigitte die letzten beiden Jahrzehnte nicht mehr. Sie muss sich aufrappeln, um neue Kraft zu tanken.

Beim Familiennamen würde sich gar nichts ändern, aber Brigitte hofft auf ein neues Gebiet. Sie wird den Kontakt behalten, aber über Leichen geht sie nicht.

Sie fühlt Dankbarkeit für alles, aber die Kälte ist unerträglich, nicht zu fassen für jemanden, der leben will und das wirklich in einer geborgenen Umgebung.

Bianca

Sie ist angsteinflösend. In mancher Beziehung ist sie ein Welsch mit Wachs, brutal, könnte jemanden umbringen, was Brigitte in allen Kategorien ablehnt, zumal die Aggression sich auch auf sie entlädt.

Es ist schon erschreckend, dies über die eigene Tochter zu erfahren. Hat sie Schäden in frühester Kindheit erfahren oder sind es die Umwelteinflüsse in späterer Sozialisation?

Bianca ist kalt wie ihr Ehemann als Nazi - der Wachs - , geschieden mit angekündigtem Fremdgehen. Brigitte konnte es nicht akzeptieren, auch dass der Tumor die Tochter hart machte.

Ihr ist alles zugeflogen im Gegensatz zu ihrer Schwester, aber Brigitte liebt Bianca, auch mit Angst, denn sie ist ihre Tochter, die auch viel erzählt und so auch in ihre Familie der Bähr schlägt.

Sie entschuldigt sich nie, aber mittlerweile sagt sie Bitte. Sie hat auch nie Respekt vor anderen gelernt, sonst ist man verloren. Selbst vor ihrem Mann hatte sie nie die Ehre, seinen Stolz nicht zu verletzen.

Jeder Mensch muss Respekt haben und nicht nur vor sich selbst, denn sonst kann man niemanden lieben. Brigitte ist stolz auf ihre Tochter, aber ihre Kälte ist erschreckend.

Ein gesunder Narzissmus gehört zum Leben dazu, denn sonst ist kein Miteinander möglich. Aber die gesellschaftlichen Regeln der Kommunikation müssen gegeben sein, um Wärme zu fördern.

Brigitte musste Jahre bei Bianca um ihr eigenes Geld betteln, in der Zeit, als es ihr sehr schlecht ging und nach Psychiatrieaufenthalt. Es war eine Verwahrlosung, wo sie in ein tiefes Loch über ein Jahr 2008 fiel. Bianca setzte sie dann vor die Entscheidung: Aufhängen oder Leben.

So schlecht war die Reaktion der Tochter nun wieder auch nicht, wenn auch psychologisch etwas hilflos, genau wie Brigitte nicht mehr ein und aus wusste.

Hilferufe

In den Jahren, als Brigitte nach dem Tod ihres Mannes alleine wohnte, vollzog sie drei Selbstmordversuche. Ob mit WC-Reiniger, Tabletten oder Föhn, alles war so diletantisch, dass es Hilferufe waren.

Bianca hörte die, aber reagierte nicht so, wie Brigitte es wünschte, eigentlich wollte sie wieder Wärme und keine Kälte, aber letztlich stieß ihr nur Unverständnis entgegen.

Wärme muss aus einem selbst heraus kommen, dann kann man welche abgeben, aber helfen muss man sich selbst und nicht durch Lockrufe versuchen zu erhalten.

In ihrer Wohnung war Brigitte immer unglücklich. Sie hatte keinen festen Partner, sie konnte nicht mehr singen. Es war Leere in einem langen Tunnel. Brigitte war auch nicht mehr für wichtige Sachen ansprechbar.

Oft besuchte sie ihren Ehemann Werner auf dem Friedhof, aber sie hat genug von der Trauer um das behütetete Leben, das sie jetzt selbst gestalten muss.

Kalte Wärme, so ist die soziale Marktwirtschaft aufgebaut. Zwei nicht vereinbare Gegenteile schlummern nebeneinander, bis bei vielen Menschen ein Vulkan ausbricht, der dann alle Familienangehörige und Freunde erschrecken lässt.

Psychische Erkrankung

Bei Geburt von Bianca wog sie nur fünf Pfund und musste von der Mutter weg. Brigitte hörte angeblich, die Tochter sei tot und wurde ihr nicht gezeigt, fünf Tage lang.

Es entstand das, was man den „Baby Blues" nennt. Brigitte erlitt eine Psychose aus der Schwangerschaft resultierend. Nichts Schlimmes, das öfter passiert und gut remitierbar bei guter Behandlung.

Brigitte schlief über Tage keine Sekunde mehr. Damals wurde das von den Ärzten und Krankenschwestern unterschätzt. Die Milch wurde abgepumpt. Bianca war zu schwach zum Trinken.

Heute ist man in der Psychotherapie weiter und weiß, dass auch für jeden Normalsterblichen kein Schlaf über drei Tage eine Psychose sehr wahrscheinlich macht.

Brigitte litt unter der Situation bis zur Entlassung, während Bianca noch in der Klinik bis zum Abklingen der Gelbsucht blieb. Brigitte nahm auch stark an Gewicht ab.

Persönliche Stärke ist eigentlich in allen Lebenslagen gefragt, aber Brigitte schwamm in ihrer übergroßen Liebe zur Tochter über ihre Hilflosigkeit. Es war ein schier unendlicher Druck.

Brigitte durfte ihre Tochter im Arm halten und fuhr mit dem Taxi nach Hause und musste pumpen. Der Krankenwagen kam eine Woche dreimal am Tag.

Überforderung für so eine junge und kleine Mutter, die Verlustängste hat und den Druck des Mutterseins in dieser schwierigen Lebenslage nicht aushielt.

Brigitte wollte Bianca sehen und bat Werner um Hilfe. Sie reduzierte das Abpumpen, weil sie sich zur Amme des Krankenhauses entwickelte. Als Milchkuh baute sie immer mehr ab.

Werner stand ihr in der ganzen Zeit beiseite. Er liebte seine Frau wie seine Tochter. Er wollte beide nicht verlieren und zog Konsequenzen für seine Familie.

Brigitte schaffte sich psychisch wie physisch nicht mehr und sie gingen zum Nervenarzt fürs erste Mal, der den Kopf schüttelte wie die Pflegerinnen. Diagnose: Abstillen und Kur.

Da sieht man falsche Behandlungen und auch falsche Beratungen. Brigitte sollte nun den Blues singen, wie ihn Psychiater auch heute noch lieben, nämlich mit Zwang.

Die Überweisung erfolgte nach Homburg in die „Klappsmühle" mit vier Tagen Fixierung. Brigitte begann zu bluten, es gab dumme Fragen wegen Bianca.

Brigitte wusste gar nicht, wie ihr geschieht. Sie musste endlos warten, wurde unhöflich behandelt mit Unterstellungen ihrer Tochter gegenüber. Die alten Besen der Psychiatrie.

Es gab einen Streit wegen Brigittes Tasche. Die Schwester wolle etwas entwenden und es war eine riesige Diskussion. Brigitte pochte auf Freiwilligkeit, dann wurden ihr aber die Entscheidung abgenommen.

Provokation für Zwangsmaßnahmen. Häufiges Spiel jemanden in seine Gewalt zu bekommen. Damals wurden Nervenärzten noch Prämien gezahlt für solch eine Überweisung. Bei der heutigen Überfüllung ist es umgekehrt.

Brigitte wurden die Kleider abgenommen, sie wurde praktisch ausgezogen. Der Assistenzarzt klärte Brigitte über die Lüge des Nervenarztes auf und den Zwang.

Im Grunde ein Fall für die Presse, aber wer interessiert sich wirklich für jemanden, der nach Hilfe schreit, nichts getan hat und letztlich nur um die Tochter kämpft?

Brigitte wehrte und verweigerte sich. Es kamen Pfleger bei Gegenwehr von Brigitte, die durch die Kleider eine Spritze bekam, wobei sie drei Tage sich an nichts mehr erinnern konnte.

Nun war Brigitte ein Kind der Psychiatrie. Gefesselt, geknebelt, weggebeamt. So etwas vergisst man sein Leben nicht mehr und die Verwandtschaft kann es immer als Argument hervorholen.

Nach vier Tagen kam der Arzt und redete Brigitte ins Gewissen, so mit Kontaktsperre zum Ehemann. Brigitte war 23 Jahre alt und erlebte die sechswöchige Unterbringung mit sogenannter Therapie.

Ein schreckliches Erlebnis und sicherlich von den Ärzten anders lösbar, da Brigitte ja keine Gefährdung für die Allgemeinheit war und der schlechte Zustand aus der Schwangerschaft rührte.

Brigitte rief die Mutter wegen Bianca an. Die Mutter log, dass Bianca trotz Kreischens nicht da wäre. Das Vertrauensverhältnis ist gebrochen durch den Versuch der Entziehung der Tochter.

Nun musste Brigitte nicht nur um ihr Leben sondern auch um das von Bianca kämpfen. Das Spiel ging weiter und auf einmal war nicht mehr der Arzt sondern die eigene Mutter der Gegner.

Bei weiterem Kreischen hatt man ihr in der Klinik gedroht, sie weiter zu fixieren. Es war die totale Beobachtung. Der Kampf musste von Brigitte nun taktisch geführt werden.

Es war der eiserne Wille, Bianca wieder zu sehen. Die Ärzte sehen nur die Symptome und nicht den Menschen. Keiner konnte absehen, welches Leid über Brigitte hereinbrach.

Brigitte kämpfte um ihr Kind. Werner führte gegen Nervenarzt und Klinik einen Prozess mit Einverständnis von Brigitte, obwohl sie sich hundeelend fühlte, aber amateurhaft behandelt.

Werner hielt mit allen Mitteln zu seiner Frau. Sein Verhalten war einwandfrei und rational. Unverständlich dem Ehemann die Mutter der Tochter so lange zu entziehen.

Die Klinik drohte mit weiteren Maßnahmen gegen Brigitte, wenn sie weiter revoltierte und das auch mit dem Hintergrund der Klage des Mannes. Nach sechs Wochen sitzt der Patient am längeren Hebel.

Brigitte war sicher auch ohne die Hilfe des Chefarztes oder seiner Bediensteten das Leben wieder zu meistern. Der 58-jährige Chef betonte in Rente zu gehen, wenn Brigitte stärker wäre.

Das kleine Persönchen legte sich mit der gesamten Obrigkeit an, letztlich um für sich und ihre Familie weiter zu leben, und zwar so, dass Wärme da war, keine kalte, sondern wirkliche Geborgenheit.

Die Mutter und der Mann besuchten Brigitte in Homburg mit der zwei Monate alten Bianca. Brigitte weiß, dass das Kind bei der Mutter ist. Der Chefarzt erlaubte eine Stunde Spaziergang.

Das war eine riesige Freude für Brigitte. Sie hatte ihr erstes Ziel erreicht. Die Tochter, wegen der sie krank wurde, konnte sie wiedersehen. Und plötzlich hielt sich Brigitte auch an die schweren Regeln.

Brigitte bedankte sich beim Arzt und ganz stolz führte sie Bianca aus. Sie hat gelacht, gesungen, gebrüllt. Alle Leute freuten sich auf die stolze Mutter mit Tochter.

Brigitte fand nun den Weg zurück ins Leben und auch die gesamte Familie, denn letztlich gehört ein Kind zur Mutter und gerade dann, wenn die so um ihren Nachwuchs kämpft.

Brigitte kam pünktlich zurück. Bianca hatte eine zurückhaltende Einstellung, verständlich, denn die Mutter war neu. Werner war überzeugt, dass die Brigitte bald zu Hause wäre. Die Schwiegermutter stellte das noch in Frage.

Brigitte zog alle Register, wie manche Anwälte es vor Gericht behaupten. Ihr sollte aber alles gelingen, ihre Tochter endgültig gegen alle Widerstände im Arm zu halten.

Irene – die Mutter – wollte aber auch um Bianca kämpfen, worauf Werner ihr eindeutig sagte, dass sie um ihre eigenen Kinder, aber nicht um die Enkelkinder sich sorgen sollte.

Es ist schlimm, wenn von drei Seiten an einem Baby gezogen wird. Nachteile erleidet Bianca. Die Erwachsenen verkraften den Schmerz besser, vielleicht bis auf Brigitte.

Werner betont, dass Bianca die Tochter von Brigitte ist. Irene will weiterkämpfen, aber Werner stand zu Brigitte, die labil, aber eine gute, fürsorgliche Mutter.

Wenn Werner auch auf die Seite von Irene sich geschlagen hätte, wäre Brigitte chancenlos gewesen. So hatte sie aber einen starken Mann an der Seite, den sie persönlich und für Bianca brauchte.

Am meisten Verständnis hatte eben Werner. Für Beate war Brigitte bekloppt. Bei ihr hatte sie kein Renomee. Sie war Arbeiterin und es sollte sich nicht alles um Brigitte drehen.

Schlimm, wenn die eigene Schwester mit solchen Worten sich abwendet. Es war das typische Spießrutenlaufen in der Familie, wenn ein Mitglied psychisch krank wird.

Brigitte weinte viel und sie nahm ihre Tabletten, aber musste viel einstecken. Die Geschwister und die Mutter kämpften um Bianca wie Brigitte.

Man nahm Brigitte nicht mehr für voll. Sie wäre nicht imstande, ein Kind zu erziehen. Wäre die Meinung auch ohne den Baby Blues? Brigitte war immer zurückgesetzt.

Bianca wurde als Tochter von Brigitte von der Familie als ihr Eigentum betrachtet. Sogar der Bruder. Nach einer Woche war der dickste Streit. Brigitte packte auf Geheiß von Beate ihre Sachen.

Jetzt knallt es. Brigitte ging zum Angriff über und packte harte Geschütze auf. So wie es die Familie herausgefordert hatte. Werner sollte über seine Frau nur noch staunen.

Beate sollte Brigitte nach Hause fahren. Aber Brigitte betonte nur mit Bianca. Beate und Irene verweigerten. Dann verließ Brigitte das Elternhaus fluchtartig.

Die erste Schlacht an die Familie. Aber Brigitte hatte eine solche Kraft in sich, dass sie für das nächste Gefecht gerüstet war. Werner stand zu ihr und Waterloo war nicht weit.

Brigitte weinte bei einem Freund und betonte, ihr Kind, ihr Eigentum zu wollen. Dafür sollte aber Werner die Hauptlast tragen, aber nicht direkt verfügbar.

Es gibt doch noch Leute, die Brigitte unterstützen. In der Not hat man wenige davon, aber ein guter Freund ist mehr wert als 100 Lallbekanntschaften. Das Blatt sollte sich wenden.

Der Freund fuhr Brigitte drei Stunden spazieren. Wir tun alles mit Werner das Kind zu holen. Die Lebenskraft von Brigitte war enorm. Nach einem Tag kam Werner.

Eine Mutterliebe ist nicht ersetzbar und niemals zu unterschätzen. Da ist jede Burg einnehmbar, von wenigen oder vielen. Wer Ideologie hat, kann Berge versetzen.

Sie waren wie Eltern, haben sie gedrückt. Morgen sollte das Kind in Brigittes Händen sein. Die Vorfreude war groß, aber es war noch ein Kampf. Werner ging den Weg mit Brigitte.

In so einer Situation braucht man eine starke Hand. Brigitte konnte sich auf ihren Mann verlassen. Es war Licht am Ende des Tunnels, aber die letzten Ernegiereserven mussten mobilisiert werden.

Der Freund und Werner fuhren mit Brigitte unter Alkoholberuhigung mit dem 204 Sportauto. Die Männer blieben ruhig und klingelten bei der Mutter und klärten sie auf über die letzte Nacht.

Der erste Schritt war getan und das ist meist der schwerste. Nun war man in des Teufels Höhle und musste die Geisel befreien. List und Tücke waren jetzt gefragt.

Werner äußerte, dass Bianca abzuholen sei und Irene schlug die Tür zu. Beate meinte, dann soll sie sie holen, denn den Bangert mag sie nicht mehr und öffnete die Tür.

Die Familie war sich auch uneins. Die Schwester erbost, die Mutter noch bereit zu kämpfen. Brigitte spürte diese Schwäche und holte zum Endschlag aus.

Bianca war nicht im Raum und die Mutter meinte, dann solle Brigitte sie suchen. Brigitte warf ein, sie warte auf das Weinen der Tochter und pochte auf ihrem Recht. Beide Männer blieben ruhig.

Das war schon Psychoterror. So geht man nicht mit Menschen und schon gar nicht mit einem Kind. Brigitte behielt aber in ihrer Mütterlichkeit ihre Nerven.

Werner macht die Stirn über die Augen und da wusste Brigitte, dass sie gewonnen hatte. Werner ging in den Keller. Brigitte wiederholte noch einmal zur Mutter ihre Entscheidung.

Es war ein Kampf, wer stärker war. Und da zeigt sich, das nicht derjenige schwach ist, der aus der Psychiatrie kommt, sondern der, der keine klar gesteckten Ziele hat.

Die Mutter drang weiter darauf, dass Brigitte ihr Kind nicht erziehen könne. Der Freund verwies darauf, dass Irene kalt sei und ihr Enkelchen liebe, aber das Kind zur Mutter gehöre.

Brigitte hatte mit der Unterstützung gewonnen. Und die kalte Wärme hatte der Freund am besten ausgedrückt. Einerseits Sorge, andererseits Gewalt und das nicht wenig.

Der Freund hatte keine Geduld mehr und Brigitte schickte ihn zu Werner in den Keller zum Bier. Brigitte verwies auch Beate des Feldes. Sie will ihr Kind.

Jetzt trumpfte Brigitte auf und hatte berechtigterweise Oberwasser. Der Kampf ging in die Endphase mit eindeutigen Vorteilen für Brigitte mit nicht gezinkten Karten.

Brigitte will den Krieg beenden und ihr Kind ist nicht zu beleidigen. Beate haute ab, Irene weinte. Brigitte verschwand mit Bianca im Auto auf den hinteren Sitzen.

Es war geschafft, aber mit welchen Blessuren, das kann niemand abschwätzen und es ist davon auszugehen, dass es Bianca bis heute nicht weiß.

Werner und der Freund saßen vorne und nahmen später Brigitte in den Arm als Bekenntnis der Zuwendung. Brigitte war nicht mehr allein und hatte auch in den Freunden Elternersatz, auch wenn sie es nicht wollte, weil der Freund keine Kinder zeugen konnte.

Die Primärgruppe

Verständlicherweise kann man feststellen, dass eine Mutter solch eine Aktion der eigenen Familie zwar nach einiger Zeit verzeihen kann, aber niemals vergessen.

Das pocht in tiefem Herzen und wenn die Primärgruppe sich so kalt verhält in dieser Extremsituation, kann man auch davon ausgehen, dass schon das Vertrauensverhältnis in der Kindheit gestört war.

Es ist eine Regel, dass derjenige, der psychotisch reagiert, keine funktionierende Primärfamilie hat, sondern sich die Zuwendung in Sekundärgruppen wie Ehemann oder guten Freunden sucht.

Die Liebe kann aber nicht die der leiblichen Mutter ersetzen. Und das hat auch Brigitte gespürt. Sie will ihre kleine Familie, die aber wiederum auch nicht immer funktioniert, so dass das Urvertrauen nicht sekundär aufgebaut werden kann.

Sozialenergie in breit gefächerter Form ist dann notwendig, um das Loch im Ich zu füllen, aber mit der Vorsicht und Notwendigkeit, sich auch abgrenzen zu müssen.

Selbst Vater und Mutter zu sein muss eigentlich jeder lernen, aber insbesondere derjenige, der in Kindheit und Jugend tief gekränkt wurde. Das kann man aber noch in jedem Alter lernen.

Man kann auch sagen: Man muss es lernen und stets überprüfen, ob der eingeschlagene Weg richtig ist. Brigitte hatte den Kampf um Bianca gewonnen, aber dann begann erst die Verantwortung für ihre kleine Familie.

Zappelphilipp

Brigitte hatte seit der Kindheit immer viel geredet und war zappelig. Schon in der Schule zeigte es sich durch vieles Stören und Lachen, sogar bei Schlägen.

Man kann sagen, dass sie das Leben nicht richtig ernst meinte. Sie überspielte ihre Emotionen und Gedanken durch Hineinwandern in das eigene Ich und Vorspielen einer Gemütslage, die nicht echt war.

Der Schrank war eine schwere Strafe oder sie wurde auf den Flur geschickt. Sie konnte immer schwer sich konzentrieren und schlief ein. Kein Durchhaltevermögen.

Es war das frühe ADHS, was aber zu ihrer Zeit noch wenig behandelt wurde. Heute hat jedes fünfte Kind diese Störung mit entweder psychologischer oder Tablettentherapie.

Brigitte schaute viel aus dem Fenster und träumte. Die schlechte Konzentration war immer ein Problem und ist auch heute noch aktuell mit starker Sprunghaftigkeit.

Dies wird sich nicht mehr ändern und bleibt bis ans Lebensende. Vielleicht weniger eine Belastung für sich selbst als die Umwelt. Die Nervösität überträgt sich auf den anderen.

Im Kindergarten war alles noch okay, aber Ausbruch der Krankheit in der Schule. Beim Fernsehen ist die Konzentration nur bei Sendungen gegeben, die für sie interessant sind.

Es ist eine Selektion in der Wahrnehmmung, was im Grunde nicht schlecht in gewissem Alter zu beurteilen ist, aber so zeigt sich oft, dass Mitteilungen der Umwelt nur partiell wahrgenommen werden.

Oft kommen die Tränen und werden laufengelassen, urplötzlich, oft nur wegen einer Sendung, die persönlich betrifft. Oder wenn irgendein Ereignis der Lebensgeschichte ins Gedächtnis gerufen wird.

Es ist eine tiefe Trauer, die in ihr steckt, ohne jemals richtig bearbeitet worden zu sein. Es sind Narben der kalten Wärme, die nagen bis zu einem Punkt, wo sie sich nur noch durch die Abwehr mit Tränen helfen kann.

Sie kann lesen, aber kaum ein ganzes Buch. Sie knoddelt lieber, wobei sie nicht so müde wird. Manchmal ist Lektüre eine Einschlafmöglichkeit wie für viele.

Brigitte ist ein typisches Exemplar der Krankheit ADHS, wo auch oft gesprochen wird ohne einen direkten Zusammenhang. Handlung und Reden werden nicht durchdacht, sondern erscheinen sporadisch.

Sie überspielt die Depression, wenn sie sie hat, durch Batscheln. Kämpft gegen die Krankheit, aber mit wenig Erfolg. Wenn sie so weitermacht, steht ein Schlaganfall oder schwere Krankheit bevor, prophezeiten ihr Ärzte.

Die Arbeit an sich selbst ist oft schwerer als einer Beschäftigung nachzugehen. Brigitte erscheint nicht so, dass sie mit Hilfe eines Arztes selbst gute und konkrete Lösungen erarbeiten kann.

Das Psychische überträgt sich auf den Körper mit Gefahren, weil sie einfach nicht zur Ruhe kommt. Brigitte möchte nicht enden wie ihr Vater und die Schwester Cordel hat dieselbe Zappeligkeit.

Es ist immer die Frage, ob man von einer Verebung der genetischen Disposition sprechen kann. Logischer erscheint das Verhältnis zur Mutter zu analysieren.

Mit Cordel hat sie das beste Verhältnis, mit anderen steht sie auf Kriegsfuss bis zum Wunsch des Verbrennens. Ein typisches Anzeichen des ADHS im Erwachsenenalter.

Die Familie hat man sich nicht ausgewählt, aber man kann sich mit ihr arrangieren. Was anfangs als Spießrutenlaufen erscheint, ist beim zweiten Blick aber auch eine ausgelöste Provokation von Brigitte.

Chronischer Redewahn

Brigitte betont 80 % behindert zu sein. Sie erzählt nicht nur, damit es ihr besser geht, sondern damit die Umwelt nicht merkt, dass es ihr schlecht geht.

Manche mit dieser Krankheit meinen auch durch das viele Reden zu arbeiten. Brigitte übersieht aber, dass die anderen gerade durch den Redewahn merken, dass bei ihr nicht alles stimmt.

Sie verliert auch oft das Gleichgewicht. Sie überspielt viel, möchte aber eigentlich nicht darüber reden. Brigitte meint der Umwelt zu zeigen, wie toll sie sei.

Es ist widersprüchlich, aber was ist im Leben schon logisch, nichts, außer man hat Ziele, die man gerade verfolgt, auch wenn auch dort Umwege oft gehen muss.

Als Kind hatte Brigitte zu viele rote Blutkörperchen gehabt und musste Saft trinken. Beide Elternteile halfen ihr die Situation zu überstehen. Organische Krankheiten sind eben beliebter.

Das Sterben war immer akut bei Brigitte bis zu dem Punkt, wo sie selbst dem Leben ein Ende machen wollte. War die Krankheit immer ein Hilferuf, damit sie Zuwendung bekommt, die sie nie richtig bekam?

Ihr Psychiater betont, dass sie ihre Gefühle oder Redewahn herauslassen soll, egal wie andere reagieren. Sie solle selbst Gegenstände kaputtschlagen, wenn sie auf andere wütend ist.

Das ist aber eigentlich ein Anlernen, die Umwelt zu belasten. Im Grunde sollte man diplomatisch mit anderen umgehen und nicht seine Rage an ihnen auslassen, sondern Verarbeitungsmöglichkeiten entwickeln.

Ausländerphobie

Brigitte findet hauptsächlich die Russen negativ, weil sie spüren lassen, den Krieg gewonnen zu haben. Sie können viel, arbeiten, aber machen sich breit, so dass die Deutschen nichts mehr zu melden haben.

Es ist die Meinung, die auch Theo Sarrazin exemplarisch in seinen Büchern verkündet. „Deutschland schafft sich ab"? Nein: Deutschland wechselt wieder in das Naziregime durch solche Aussagen.

Einerseits muss man den Hut ziehen, aber die Türken, Russen, Neger betrachtet Brigitte als für ihr Schicksal mitverantwortlich. Ihnen geht es besser und ihr schlecht.

Es sind eindeutig faschistoide Tendenzen, mit denen sie in Deutschland nicht alleine ist. Mindestens 30 % der Bevölkerung denken so mit steigender Tendenz.

In ihrem Block, in dem sie seit elf Jahren wohnt, leben viele Russen, die gerade heute wieder weltweit ihr Recht fordern, sie hat Respekt, aber hasst wegen angeblicher Hinterhältigkeit und Feigheit.

Das sind Aussagen, die heute nicht mehr geäußert werden dürfen. Deutschland hat eine Geschichte und muss aus ihr lernen. Brigitte tut es nicht.

Die Nachbarn schauen auf Brigitte herab und da ist der Grund: Sie schauten weg, als es Brigitte sehr schlecht ging, als sie sich einmauerte. Sie machen sich in ihrer Heimat breit.

Da sieht man die sozialpsychologische Erklärung. Weil es vielen Ausländern besser geht, werden die eigenen Schwächen auf sie projeziert und eine Phobie zur besseren inneren Begründung gelegt.

Obwohl Deutsche ihr in der Misere auch nicht halfen trotz Hippokrates des russischen Arztes. Aber von der Familie kam auch kein Dank. Es dreht sich im Kreis der Schuldzusprechungen.

Es ist keine richtige Linie in den Gedanken. Einerseits Hochachtung, andererseits Hass. Brigitte weiß im Grunde nicht ein und aus, ausser durch Ausländerphobie.

Der Eid von anderen wird vorgeworfen, aber mit ihrer Einstellung fühlt sie sich stärker in ihrer Unterlegenheit. Sie verteidigt ihre Heimat, ein Land, das sie arisch sehen will.

Das ind keine guten Charakterzüge, wenn sie auch sonst einen starken Wert in sich hat, aber hauptächlich begründet im Muttersein, ohne jedoch von den Kindern Liebe zu bekommen, warum?

DDR-Schweinchen

1971 war die Heirat mit Werner. Die Ehe ging gut bis 1991 mit Kindern und Hausbau. Es klappte alles einwandfrei, auch stand er mit der Krankheit Brigitte bei. Er konnte sich bei ihr ausruhen.

Gute Voraussetzungen des Zusammenhaltes, aber ein Mosaikstein schien zu fehlen, sonst wäre die Ehe ohne Schwierigkeiten bis ins hohe Alter hineingedonnert.

Oft sagte Werner, dass sie ein Ruhepol war. Sie sprach weniger durch Veränderung, dadurch, dass sie viel allein war. Sie riß sich am Riemen mit viel Sensucht nach Mann, Eltern und Geschwistern.

Es ist etwas widersprüchlich, was sich gleich aufklären wird, denn das Alleinsein ist bis jetzt nicht Brigittes Stärke. Auch verschwand Werner gern im Keller, wenn Brigitte ihn zu stark torpedierte.

Das erste halbe Jahr der Ehe verbrachte Brigitte mit Tränen. Es war eine schmucke Wohnung am Anfang. Sie musste allein sein und wurde dann ruhiger.

Es war keine selbst entschiedene Einsamkeit, sondern notgedrungen durch die Arbeit des Mannes. Erst durch die Geburt der Kinder, die ersehnt waren, schloss sich der Kreis wieder in eine Familie.

Die Welsche, eingeheiratet, zwangen Brigitte zum ruhiger werden und sie stand von denen unter der Fuchtel. Vieles fand sie schlecht und sie lernte die Familie kennen.

Ist es nicht auch denkbar, dass Brigitte in ihren psychischen Schwierigkeiten auch eine Lenkung oder einen Plan durch andere braucht, um gut im Leben zu funktionieren?

Brigitte musste viel kämpfen und Werner wusste nicht alles. Er nahm sie für zehn Minuten in den Arm, wenn sie weinte. Dann war es wieder gut, bis sie Kinder bekam.

Da hätte es Werner schon auffallen müssen, dass das richtige Fundament nicht da war. Er übte auch wichtige Kritik an seiner Brigitte als Frau. Mutterliebe war immer da, aber die wirkliche Befriedigung des Mannes?

Als Brigitte ein dickes Bäuchelchen bekam, wendete sich Werner sexuell ab. Nach der Geburt wollte er, da lehnte ihn Brigitte ab, weil sie sauer auf ihn war.

Da kann man schon sagen, dass auch diese Ehe in den ersten zwanzig Jahren Probleme aufwarf. Trotzdem fühlte sich Brigitte insgesamt glücklich, weil Werner die große Liebe war.

Die Schwester von Werner wollte auch nichts mehr von ihrem Mann in der Schwangerschaft wissen. Brigitte war mit zwei Kindern glücklich und umgebautem Haus.

My home is my castle. So sind alle Frauen von Natur aus gestrickt. Die Höhle gehört ihnen, der Mann bringt von der Jagd die Felle nach Hause. Brigitte sollte aber auch erleben, dass sie Konkurrenz bekam.

Noch heute läuft Brigitte gerne weg. Vor Angst vor den Tränen. An dem Haus hängt sie heute noch, denn sie musste es nach dem Tod Werners verkaufen.

Heute in ihrer kleinen Wohnung wurde sie nie richtig heimisch. es war eine Selbstmordbude und so entstanden auch die Suizide vor lauter Einsamkeit und Trauer.

Heute ist ihr Haus kalt, unter ihrer Regie war es warm. Brigitte hat nicht genügend Wärme in sich. Werner ging 1991 fremd, aber über das DDR-Schweinchen will Brigitte nicht reden vor lauter innerer Tränen.

Wie so oft wird mehr über Nebensächlichkeiten gesprochen und das Wichtige außen vor gelassen. Biografie bedeutet aber, im wesentlichen das Entscheidende dem Leser mitzuteilen.

Die Geschwister sind neidisch auf Brigitte, weil sie auf niemanden mehr Rücksicht nehmen braucht, während Brigitte unter dem Alleinsein leidet, im großen Rahmen.

Man will ja meist das, was man nicht hat. Wer alleine wohnt, braucht manchmal Gesellschaft und wer in fester Partnerschaft, möchte gerne allein in den Wald laufen.

Beate war für alle immer da und die alte Rivalität fast vergessen. Es waren Tanzangebote in der Familie. Brigitte stilisiert sich aber durch das Mütterliche und Helfen.

Brigitte meint, das braucht jede Frau, aber nicht jeder Mann braucht eine Mutter zur Frau, sondern er will ein Weib. Ein echtes Weib, was im Bett eine Hure und in Gesellschaft eine Dame, und zu den Kindern eine gute Mutter!

Die jüngste Tochter Andrea behauptet keine gute Mutter zu sein, denn es gibt auch Rabenmütter, die gerne ihre Nachkommen anderen ins Nest legen. Es kommt auch nicht nur aufs satt werden an.

Wo ist die wirkliche Wärme der Mütter? Einerseits werden sie krank und kämpfen, andererseits zweifeln sie an sich selbst und werden vielleicht selbst zum DDR-Schweinchen und sehen die neuen Deutschen als Ausländer.

Brigitte erkennt, dass sie es als Mutter zu gut gemeint hat und es einfach nicht honoriert wird. Heute hat sie selbst in ihrem Umkreis das Omahafte in den Vordergrund gestellt.

Einmal Ich sein und die eigenen Bedürfnisse und Wünsche in den Vordergrund stellen, das wäre eine Erkenntnis aus der kalten Wärme, denn zuviel Umsorgen wird von der Familie abgestossen.

Brigitte sieht das Abkapseln der Kinder, die sie selbst die Treppe herunterstossen oder sie für gestorben erklären. Das ist die Antwort auf die Liebe, wohl nicht zu verstehen.

Manche Kinder möchten nicht bis ins Erwachsenenalter umsorgt werden, sondern einen adäquaten Ansprechpartner. Und konnte Brigitte diese Forderung als Mutter erfüllen?

Werners Liebe

Brigitte war stachelig. Er monierte das, weil sie Kakteen liebte. Dann wollte sie keine Blumen mehr zum Muttertag. Sie sollte sich entscheiden, ob sie für oder gegen den Kaktus sei.

Stachelig erscheint Brigitte heute nicht mehr, eher schwierig im Umgang, weil sie die Umwelt belastet, nicht in böser Absicht, aber durch ihre Art der Kommunikation.

Am Kaktus kann man sich stechen. Brigitte betonte, nicht die Mutter Werners zu sein. Sie liebte ihn wirklich, aber es waren 30 Jahre Kampf und Ärger.

Werner wusste Brigitte zu nehmen, wie überhaupt Brigitte sich Männern gerne unterordnet. Es ist das Vorbild der Familie, wo die Mutter Irene zwar auch stachelig war, aber das letzte Wort der Vater hatte.

Dem DDR-Schweinchen schenkte Werner keine Blumen, denn er machte andere sexuelle Sachen mit ihr. Brigitte sagte er durch die Blumen, was er meinte und auch den Töchtern.

Werner liebte seine Familie, behielt sich aber auch seinen Freiraum. Er war treusorgend, aber eben auch flexibel genug, sich dort das zu nehmen, was er zu Hause nicht bekam.

Noch heute kommen regelmäßig auf sein Grab von Brigitte Blumen. Sie ist ein Glücksbote, denn Blumen können sprechen. Brigitte war vollkommen für die Wohnung zuständig.

Es ist das Schicksal einer Frau, die eigentlich nie berufstätig war. Wenn das Haus leer ist, verfällt sie oder paart sich in Redeorgien, ohne etwas Wichtiges zu sagen.

Brigitte und Werner lebten nicht nebeneinander. Der Garten und Keller waren Werners Bereich. Brigitte für Essen und Kinder. In der Ehe wurde Brigitte aber trotzdem krank.

Irgendetwas schien er ja doch nicht zu gefallen, sonst hätte sie ihren Mann halten können. Es kam Konkurrenz ins Haus, und schon war es vorbei mit der Eintracht.

Kurz vor dem 40ten Geburtstag trank Brigitte zwei Liter Malzbier am Tag, ohne Gefühl mit starker Gewichtszunahme. Vielleicht wollte sie wieder Kind sein.

Irgendwie kann man es nicht wirklich glauben, dass das Grund für die Ehekrise war. Es erscheint unglaubwürdig, da müssen doch tiefere Gründe sein.

Bier und Malzbier waren schon in der Familie von Brigitte Standard, wie damals in allen saarländischen Heimen. Aber dann wurde Brigitte wieder von der Frau zum Kind.

Es ist eine Degeneration. Die eine bekommt Magersucht und die andere schwemmt sich auf. Alle wollen nichts mehr von ihrem Mann und dürfen sich dann nicht wundern, wenn der nach einem anderen Busen Ausschau hält.

Brigitte liebt und kämpft um die Enkel, aber nicht mehr um die Kinder. Sie ist enttäuscht und sieht die Realität ihres Nachwuchses. Sie lehnen sich gegenseitig ab.

Andrea

Sie hat zwei gescheiterte Ehen. Sie ist kalt und Brigitte gegen eine weitere kirchliche Hochzeit. Werner hätte das nicht zugelassen. Andrea sah es ein und widersprach trotzdem.

Es ist eine altertümliche Vorstellung von Brigitte. Kinder können ab einem gewissen Alter selbst entscheiden und Eltern haben es zu akzeptieren und die Nachbarschaft ist egal.

Heute ist Andrea die Prinzessin im „Club". Für Brigitte gilt noch kein Sex vor der Ehe, obwohl sie es mit ihrem Mann im Auto trieb. Es sollte auch keine zweite Ehe geben.

Wieder antiquiert. Brigitte passt mit ihren sozialen Vorstellungen eben ins 19. Jahrhundert und nicht in die Moderne. Sie war nicht mit der Zeit gegangen. Heute haben Paare mehrere Kinder ohne Trauschein.

Brigitte schildert eine verlogene Welt und Anschauung. Weinen hilft da auch nicht. Andrea verlor die Unschuld beim ersten Mann, aber nie glücklich. Jasmin wurde geschenkt, Kevin starb früh.

Schicksalsschläge, die Brigitte nur schwer verkraftete. Auch die „berufliche Karriere" von Andrea wird nie öffentlich ausgesprochen, sondern verschwiegen. Brigitte leidet mehr als Andrea selbst.

Das Kalte hat Andrea von den Welschen, weil auch Werner in manchen Beziehungen kalt war. Reich in Ormesheim mit sieben bis acht Kindern – ein Fehler?

Es geht etwas durcheinander, denn da fehlt die Logik. Brigittes Familie hatte auch viele Kinder, aber ohne Geld. Es gibt keine Linie, sondern Familienvorwürfe.

Sex mit Werner

Am Anfang war alles einwandfrei. Werner brachte Brigitte nicht immer herum, aber ohne Gewalt. Er hatte eigentlich Brigitte auf Händen getragen und oft gewartet, bis sie bereit war.
Brigitte war nicht der aktive Teil, aber das ist meistens in der Ehe und gerade noch zu ihrer Zeit, dass der Mann forderte und die Frau reagierte. Brigitte war zufrieden.

Aber acht Jahre war das Problem des Nichtmitmachens von Brigitte. Werner betonte, wenn die Aktivität nicht besser wird, würde er sich scheiden lassen. Er vermisst einiges.

Es war also doch nicht alles so toll. Werner setzte Brigitte die Pistole auf die Brust. Entweder aktiv oder Trennung. Und das wirkt bei den meisten Frauen. Sie wollen den Mann nicht verlieren und gehen in sich.

Werner wollte auf seine Kosten kommen und Brigitte meinte, er wäre zufrieden gewesen. Und das kommt nach Jahren. Sie hatte nicht mitgemacht in fünf Jahren der Ehe.

Man muss sagen, es war der erste Mann für Brigitte und sie hatte keinen Vergleich. Von daher hat sich der Sex nicht entwickelt. Es war eine Pflichtübung.

Brigitte weiß nicht, ob es religiös begründet war. Sie war ein Stockfisch und gab sich Bedenkzeit für eine Woche. Als Mutter des Kindes gab es die Veränderung, als Bianca im Bett lag.

Sie gab unter Druck nach, war aber nie selbst auf die Idee gekommen, aus sich herauszugehen. Nur ein Pflichtruf. Kam der wirklich aus ihrem Inneren, wohl nicht.

Werner ging in den Keller, Brigitte bereitete sich vor mit Kerzen und Ofen. Sie rief Werner, der dann weinte. Sie war kein Stockfisch mehr und manchmal ein kleiner Vulkan.

Ob das wirklich eine Explosion war, steht in Frage, denn Brigitte war in der Sexualität sicherlich von der Religion geprägt und nicht frei in ihren Emotionen hin zur Ausgelassenheit.

Sie hatte immer etwas an. Die Unterhose immer griffbereit. Die Sexualität war verschroben. Wenn man das als Explosion versteht, dann kann man sich vorstellen, wie es vorher war.

Bianca

Bianca hat an Ostern sich zweimal entschuldigt. Die Kinder gaben Brigitte recht, dass sie der Tochter Salz gab. Bianca ist ihr Kind, hält aber vor, Brigitte hätte nur Andrea geliebt.

Das ist immer die Rivalität von Töchtern. Eine fühlt sich zurückgesetzt. Das ist kein Weltuntergang. Brigitte muss damit umgehen können und weiß auch beide zu nehmen.

Auf wen man eifersüchtig ist, den liebt man auch, meint Brigitte. Aber es entsteht auch Neid, dass die Oma nicht so beschenken kann wie andere. Wieder Tränen und das zusammen.

Man kann Brigitte mit Sicherheit nicht vorwerfen, Bianca nicht zu lieben, denn sie hat so um sie gekämpft, wie es eine Mutter in der schwierigen Situation nach der Geburt nur tun kann.

Bianca ist das Älteste und Andrea war das Sorgekind, während Bianca alles zufiel. Sie erreichte alles, auch mit einer Scheidung. Von den frühen Schwierigkeiten weiß Bianca einiges nicht.

Es erscheint so, dass in der Familie nicht offen gesprochen wird. Es wird vieles unter den Teppich gekehrt. Kommunikation auf Umwegen. Keine klaren Worte.

Bianca hat viele Freunde, die wie sie fremd gehen. Brigitte hatte sich zeitweise sehr gut mit Bianca verstanden und gab ihr für Eskapaden auch Alibis.

Wieder eine Form der Verlogenheit. Warum keine klaren Aussagen in der Hinsicht, dass Klartext gesprochen wird. Und dann entstehen Missverständnisse, die nur noch schwer auszuräumen sind.

Bianca kritisierte an Brigitte, zurückgesetzt zu sein hinter Andrea und war ein Vaterkind, nachdem Brigitte 1982 wieder in die psychiatrische Klinik musste.

Alles erscheint, dass Brigitte immer funktionieren musste und wenn sie das nicht tat, wurde sie auch nicht mehr geliebt. Der Mensch hat aber einen Wert in sich und das sollte jeder sich auf die Fahnen schreiben.

Brigitte war in Kur und in Behandlung. Alle sagten, sie sei in der Klappsmühle und zu Hause hätte sie im Bett gelegen oder Tabletten zu sich genommen. Die Kinder wanden sich ab.

Werner war der Fels in der Brandung und die Kinder orientierten sich an ihm. Verständlich einerseits, aber wenn Brigitte die Kraft hätte, kümmerte sie sich um ihre Töchter, ganz abgesehen von der manifesten Liebe.

Langsam nabelte sich Bianca von der Mutter ab. Sie erfand auch Notlügen, wo sie nicht eindeutig der Mutter sagen, dass sie nicht funktioniert. Brigitte tut dies weh.

Aber wie bei allem stösst nicht ein Bock alleine. Das Mutter-Tochter-Verhältnis ist spätestens in der Pubertät immer behaftet. Die eine ist Frau und die andere will es werden und in dem Fall, nicht so wie die Mutter.

Brigitte fühlt einen starken Schmerz durch die Abgrenzung. Es gab eine Zeit, wo Bianca sie sehr stark einschränkte, als sie den Einkauf machte und Geld einteilte.

Auf einmal war Bianca die Mutter und Brigitte das Kind. Das tut verständlicherweise weh, nicht nur ihr sondern auch Bianca in der Überforderung.

Bianca wurde hart. Aber sie kann heute Bitte sagen und das ist wichtig für Brigitte. Sie freut sich über positive Gesten. Die Geschwister schauten wie ein Mondkalb bei der Familienfeier.

Nichts ist so beständig wie der Wandel. Wenn Brigitte weiter stabil bleibt, wird sich auch das Verhältnis zu ihren Töchtern verbessern. Kinder brauchen auch eine Mutter, zu der sie hinaufschauen und an die sie sich anlehnen können.

Die große Liebe und danach

Andrea hatte eine Freundin aus der DDR beigeschleppt mit zwei Kindern, die sich mit ihren verstand. So kam das Erscheinen in der Familie. Sie fuhren abends Fahrrad.

Da denkt sich ja noch niemand etwas Böses und Brigitte ist offen für neue Bekanntschaften und vieles läuft über den Kontakt der Kinder. Werner war noch nicht auf der Bildfläche.

Brigitte schaltete ihn aber ein, weil das Ausgehen sehr lange dauerte. Man muss mit ihr reden, wurde festgelegt. Es sollte das Fahrradfahren auf 19 Uhr begrenzt sein.

Wichtige Sachen erledigt eben der Mann im Hause. Brigitte sollte immer noch nichts ahnen. Man kann der Frau auch nicht unterstellen, dass sie sich in die Familie einschlich.

Andrea fand das Ganze nicht toll. Brigitte behütete ihre Kinder. Aber sie kamen wieder spät nach Hause, angeblich wegen einem Platten. Brigitte verbot den Kontakt.

Jetzt dämmerte es Brigitte schon mehr. Sie reagierte harsch und schützte ihre Familie, aber nicht Werner gegen die neue Frau. Andrea war zunächst gegen ihren Willen gerettet.

Auf einmal wies sich die Frau als Freundin aus. Sie schleimte sich ein und behauptete noch, dass Werner ein Fuppert wäre, der ihr nicht gefiele. Brigitte war zunächst froh.

Es war dubios. Das DDR-Schweinchen stellte es clever an. Zunächst über die Kinder und dann wiegte sie Brigitte in Sicherheit. Es dämmerte, aber Brigitte roch nicht den Braten.

Dann war eine Schwenkparty im Herbst. Auf einmal waren die Kinder nicht mehr da, Werner nicht mehr und dann erwischte Brigitte die beiden beim Kuß. Offiziell per Du, obwohl sie es schon länger waren.

Nun war Polen offen. Brigitte glaubte kein Wort mehr. Ihr war die Lage klar. Werner hatte eine Affäre, obwohl auf saarländischen Parties viel geküsst wird.

Werner meinte, er hätte sich den Kuß verdient und begann mit Heimlichkeiten. Länger als ein Jahr ging nun Werner fremd. Aus der Nachbarschaft erfuhr Brigitte, dass ihr Mann jeden Tag beim DDR-Schweinchen war.

Für Brigitte fiel jetzt eine Welt zusammen. Beiden hatten sich durchs Leben gekämpft mit zwei Kindern und nun das. Aber es wäre nicht Brigitte, wenn sie aufgeben würde.

Das DDR-Schweinchen war sieben Jahre jünger. Brigitte wollte sich scheiden lassen und war beim Anwalt. Die Schwägerin betonte, sie solle bleiben, das Materielle behalten und an die Kinder denken.

Wie viele Ehen würden in Deutschland überhaupt noch existieren, wenn das Fremdgehen sanktioniert würde? Brigitte tat das, was viele tun. Lieber das Haus als alleine.

Werner kam nach über einem Jahr reumütig zurück, aber Brigitte betonte, dass die Ehe nicht mehr wie früher wäre. Er weinte und tat Brigitte leid nach drei Stunden Winseln. Sie liebte ihn noch immer.

Das oftmalige Spiel, das sich vollzieht, wenn auch der Mann keine klaren Linien zieht. Brigitte hatte ihren Mann wieder, aber nicht den alten Werner, die Ehe war verloren.

Der Sex war abgebrochen seit 1991, obwohl er öfter wollte. Brigitte war hart, es tat ihr weh. Sie ekelte sich, weil er bei der Tusnelda war. Finito das schöne Leben.

Und das ist der entscheidende Punkt. Der Kapitalismus besteht aus der Wirtschaftsgemeinschaft. Es ist nicht die Liebe, die zusammenhält, sondern Haus und Hof. Aber richtig über die psychischen Konsequenzen ist sich niemand klar.

Die Welsche können nicht treu sein. Brigitte war allein und hatte alles erhalten. Es war eine platonische Liebe bis zum Tod von Werner. Weihnachten war immer noch wichtig.

Da hilft auch Gott nicht, denn die zwischenmenschliche Gestaltung der Ehe obliegt jedem Paar selbst. Brigitte äußerte auch einmal, dass Werner für sein Fremdgehen durch den frühen Tod bestraft wurde.

Der Tod war überraschend von Werner mit vielen Tränen von Brigitte. Am Ende war er durcheinander. Die Lunge war auch angegriffen durch die Bestrahlung. Der Chefarzt informierte Brigitte.

Man kann es nicht ganz nachvollziehen. einerseits war es eine gerechte Strafe, die Ehe war eh kaputt, andererseits tiefe Trauer bis heute. Wen liebte Brigitte mehr, Werner oder die Familie?

Werner hatte keine Kraft mehr. Brigitte wollte es nicht wahrhaben und kämpfte weiter. Das Hospiz stand im Raum. Brigitte packte Werner fast nicht mehr hoch.

Es waren die Bemühungen am Ende. Brigitte war eine starke Frau, immer dann, wenn sie anderen helfen konnte. Werner hatte eine gute Frau. Insgeheim wusste er es, aber nie richtig zu würdigen.

Die große Liebe hatte Brigitte enttäuscht, aber bis heute kann sie nicht abschliessen. Man muss sich auch an die schlechten Seiten erinnern. Irgendwie kann sie es auch.

Aber man hat im Leben nur eine große Liebe. Wie eine Rumänin einmal sagte, es gibt nur einen Zug, auf den man aufspringen kann. Wenn der vorbeifährt, ist Schluss. Oder: Man springt heraus!

Brigitte verzeiht wieder, aber vergisst auch nicht. Es gibt gute und schlechte Zeiten. Brigitte trauert immer noch und spricht auf dem Friedhof mit Werner.

Verzeiht sie wirklich? Es scheint nicht so. Aber der Fehler lag darin, sich nicht getrennt zu haben, um ein neues Leben zu beginnen. Da muss das vorgeschobene Wohl der Kinder und Haus zurückstehen.

Am Friedhof spricht Brigitte mit den Toten und ist danach erleichtert. Aber nach der großen Liebe kam nichts mehr an Männern, nur noch Bekanntschaften.

Man kann keine Liebe erzwingen. Und es gibt viele Frauen, die nie richtig glücklich waren, wenn sie in den Fängen der Ehe stecken blieben. Die Monogamie ist eben unnatürlich!

Klammern und Loslassen

Brigitte meint nicht zu klammern. Werner ist vor 12 Jahren gestorben, angeblich trauert sie nicht mehr. Aber drei Selbstmordversuche wären nur wegen ihrer Krankheit.

Sie hat ihren Ehemann geliebt, war enttäuscht, aber hatte ihn auch nicht verlassen wegen der Einsamkeit. Sie braucht Sozialenergie und das viel. Sie kann schwer eigene Entscheidungen treffen.

Brigitte nimmt weiter ab. Vom Balkon zu springen ist sie zu feige. Sie kämpft gegen den Tod. Aber die Lebensfreude kann sie nur über andere gestalten.

Allein ist die Frau und auch der Mann. Wichtige Dinge im Leben sind in Eigenregie zu gestalten. Keiner hilft in prekären Situationen. Von der Familie war Brigitte auch oft genug im Stich gelassen worden.

Brigitte lässt nicht richtig los. Man kann den Tod nicht verhindern, auch nicht den des Bruders oder Enkelsohnes. Gott hat ihn genommen ohne Schuld desjenigen.

Jeder muss sterben und ob Gott das entscheidet ist Glaubenssache. Brigitte lebt in einer Welt, die fremdbestimmt ist. Nicht sie entscheidet, sondern höhere Mächte.

Entweder war jemand zu gut für diese Welt oder zu schlecht in Brigittes Welt. Und dann gibt sie sich noch die Schuld an dem Tod der näheren Verwandten.

Unglaublich wie eine Weltanschauung einen selbst zermürben kann. Niemand hat die Schuld am Tod eines anderen, wenn man nicht selbst Hand angelegt hat. Das ist Fakt!

Andrea wollte eigentlich Kevin abtreiben. Die Eltern überredeten sie das Kind auszutragen mit Verantwortung. Brigitte mahnte, dass sie über eine Abtreibung nicht wegkäme und ja schließlich das Vergnügen hatte.

Wieder eine Meinung wie der Papst. Alle sozialen und politischen Vorstellungen sind die des 19. Jahrhunderts. Sie passen nicht mehr in die Gegenwart.

Dann auf einmal ist Brigitte Schuld am Tod von Kevin, weil er nur auf der Welt war. Aber das ist schizophren, denn für den Tod war niemand verantwortlich, wenn man nur die Tochter auf ihre Verantwortung hinweist und eigene Vorstellung.

Wäre Brigitte auch an dem Tod des Enkelsohnes Schuld gewesen, wenn der fünfzig Jahre geworden wäre? Dann vielleicht auch, wenn man Brigittes Gedanken nachvollzieht.

Brigitte hat noch nie bedacht, dass man nur etwas Neues beginnen kann, wenn man das Alte beendet. Sie leidet ihr ganzes Leben und hat Trennungsangst.

Das ist häufig bei Patienten, die psychotisch regieren. Sie können sich nicht trennen und loslassen. Sie klammern um Menschen, Regionen und Vorstellungen, ohne jemals Erfüllung zu bekommen.

Religion

Die Abtreibung ist bis zum dritten Monat erlaubt und oft sind ungewollte Kinder schlechter dran als ohne Leben. Brigitte sieht das nicht so. Aber für die Kirche zahlt sie keine Steuern.

Wieder Widersprüche in der Argumenattion. Brigitte dreht sich im Kreis und hat keine klare Linie. Die Gerade gibt es im Grunde nur in der Mathematik, aber ohne Ziele im Leben geht man unter.

Brigitte wurde christlich erzogen. Jeden Tag vor der Schule in die Kirche. Seit dem fünften Lebensjahr war Gott alltäglich. Aber es entstand keine Selbsterziehung.

Die religöse Kontrolle war soweit ausgebrochen, dass Brigitte nie aufgeklärt wurde und schon geschilderte dubiose Verhaltensweisen in der Sexualität mit Werner hatte.

Brigitte redet mit Gott und will fünf Kerzen in der Kirche anmachen. Dann will sie es geschafft haben – wieder unlogisch. Aber sie hofft ihre Erziehung dann abgeschlossen zu haben.

Schwer verständlich, aber ein Wunsch, den man normalerweise anders ausdrückt. Und zwar durch Taten im wirklichen Leben. Frei und unbekümmert mit sich und seinen Menschen umzugehen.

Brigitte beschreitet Wege, die alt und gleichzeitig neu beschritten sind. Sie weinte und tat alles, was ihr wichtig war. Sie glaubt auch, dass Gott ihr Leben in den drei Selbstmordversuchen gerettet hat.

Es waren eh nur Hilferufe und von daher war es nicht Gott, sondern sie selbst, die weiterleben wollte. Vielleicht wird es Brigitte irgendwann klar, dass sie über ihr Leben entscheidet.

Brigitte ist besetzt von der Religion und redet mit Gott, Maria oder Jesus. Lebt sie überhaupt ein eigenes Leben? Steht nicht die Tat und das Verhalten in der Existenz an erster Stelle?

Nein: Sie ist fremdbestimmt und es ist nie zu spät im Leben, sich selbst in den Mittelpunkt zu stellen. Brigitte kann kämpfen, aber immer nur um andere, nicht für sich.

Der Mensch bestimmt angeblich nicht über sein Leben, meint Brigitte. Sollte sie sterben, würde sie sich bei Gott bedanken, dass sie so alt werden durfte.

Sie entscheidet aber nicht darüber, dass sie ein gelebtes oder ungelebtes Leben gehabt hat und das verursacht keine Macht als die eigene Menschlichkeit.

Brigitte ist durch Höhen und Tiefen gegangen. Sie meint ein erfülltes Leben gehabt zu haben ohne Luxus. Die Mutter Irene darf nicht erleben, dass vor ihrem Tod noch ein Kind geht.

Wieder Fremdbestimmung. Das kann doch keiner vorplanen und bestimmen. Und es gibt viele Zufälle, die niemanden entscheiden kann, außer für das, was ich im Jetzt tue.

Brigitte bleibt bei vielem auf der Lebensbremse und nicht schwierig, aber vollkommen vom Theismus geprägt. Gott und die religiöse Erziehung beeinträchtigen die entscheidenden Lebensbereiche.

Brigitte war nie frei und hat das Leben in vollen Zügen genossen. Sie gibt ein wenig Gas und bremst dabei viel mit dem Pedal, das eigentlich das Leben verhindert. Wer bremst verliert!

Nächstenliebe

In Süditalien im Zweiten Weltkrieg haben die Theisten, das heißt die Kirche und die überzeugten Atheisten in Form der Kommunisten zusammen gegen den Faschismus unter Musolini und Hitler gekämpft.

Beide Gruppen glauben an die Nächstenliebe, die Brigitte auch in ihrem Leben ausdrückt. Alle Menschen müsen sich lieben und andere lieben. Bei Brigitte dauerte die Existenz der Selbstliebe lange.

Man kann von ihr lernen, denn sie ist eine Frau, die nichts auslässt, um Erfolg zu haben, aber letztlich kämpft um ihre Nächsten, um geliebt zu werden, was nicht immer erfolgreich war.

Brigitte lernte die Selbstliebe spät, aber sie versprach es ihrem Bruder Heribert vor zwei Jahren, damit sie nicht untergeht, er forderte ihr Weiterleben.

Wer sich nicht liebt, führt Kriege und übt Gewalt aus. Das Leben ist ein Geben und Nehmen und heute nicht mehr stärk ausgeprägt. Die Mehrheit will ihren Vorteil ohne Input.

Bei Brigitte dauerte es lange bis zum Umschlagpunkt, wo sie sich selbst darin therapierte, das Leben in die Hand zu nehmen, um dem Tod auszuweichen.

Wer sich liebt, liebt auch das Leben und seine Mitmenschen. Brigitte wurde oft enttäuscht, hat aber nie aufgegeben, um das Schöne eim Leben zu kämpfen. Vielen fällt alles zu, Brigitte gehört nicht zu der Kategorie.

Brigitte hat aber Angst, bald keine Kraft mehr zu haben. Sie verliert zunehmend an Gewicht. Es kamen wichtige Entscheidungen. Sie behält die Wohnung.

Wenn eine Entscheidung gefallen ist, löst sich vieles von selbst auf. Brigitte ist nicht die Frau, die die Tat vor das Wort stellte. Sie erzählte 20 Personen, dass sie auszieht und muss es denen wiederum mitteilen, dass sie bleibt.

Brigitte liebt ausser den Ausländern alle Menschen. Sie grenzt sich ab, was schon bearbeitet ist. Sie sieht die deutsche Nachbarschaft schon gar nicht mehr.

Viele sind nicht ehrlich zu Brigitte für ein offenes Wort. Sie sind in Brigittes Ansicht diejenigen, die Deutschland in die Hand nehmen. Komisch, dass Gott alle liebt, aber nicht Brigitte.

Es ist eindeutig die Projektion des Schlechtgehens. Die Ausländer sind an ihrer Misere Schuld im Glauben, da es Gott nicht sein kann. Schwer nachvollziehbar, aber weit verbreitet.

Brigitte sieht sich als Indianerin und es fliessen ihr die Tränen, wenn die Indianer in der Einkaufspassage spielen. Es ist nur die Frage, ob sie für sich oder andere weint.

Das viele Weinen von Brigitte ist einerseits ein Abwehrmechanismus, andererseits der Ruf nach Zuneigung. Schaut alle, wie schlecht es mir geht. Helft mir!

Die Musik geht ihr bei. Die Indianer wünschen ihr alles Gute und hätten so eine Reaktion noch nicht erlebt. Brigitte vergass die Uhrzeit und es zeigt, dass sie im Grunde nichts gegen Ausländer hat.

Ausländerhass endet schon da, wenn vom Türken das Kebab gegessen wird. Alle Menschen sind gleich und haben einen Wert, egal welcher Profession oder Glaubens.

Brigitte liebt die Menschen und zieht den Hut vor den Russen, Aber!? Es sind Feinde, meinen viele und Brigitte sieht sie oft als Widersacher in ihrer heilen Deutschenwelt.

Brigitte sieht nicht, dass Russen immer noch ihr Selbstvertrauen daraus nehmen, dass sie Hitler besiegt haben und Deutschland sich als legitimen Nachfolger des Nazireiches sieht.

Die Russen haben eine Eigentumswohnung, während Brigitte nicht. Sie sind reich und fleißig. Brigitte nicht. Es ist immer Neid, der sich im Hass zeigt, wenn eine ganze Bevölkerungsgruppe verfemt wird.

Aber es gibt auch viele Reiche unter den Deutschen im Ausland. Sollen die auch ausgebootet werden. Deutschland hat im vorigen Jahrhundert zweimal die Welt in Schutt und Asche gelegt. Das darf man nicht vergessen.

Es sind Enttäuschungen in der Nächstenliebe Brigittes. Sie sahen ihr nicht Danke. Die Nachbarn verschließen sich vor ihr. Die Russen sind hinterhältig und sie wird nicht warm mit ihnen.

Es ist eine andere Mentalität. Die russischen Männer sind hart. Die russischen Frauen nutzen gerne Deutsche materiell aus. Das ist wahr, aber tun das nicht auch Deutsche?

Die russische Nachbarin geht über Leichen nach Brigittes Meinung. Es gibt viele Beispiele, wo Brigitte enttäuscht, aber nicht jeder kann ihr Freund sein, wie in der Familie.

Warme Kälte

Man sieht es bei ihrem Verhältnis zu Russen und anderen. Brigitte sucht Wärme und erhält Kälte. Sie bedankt sich noch für ihre Einstellung, wenn sie brutal „zuschlagen".

Selten in ihrem Leben war Brigitte konsequent in dem Sinne, dass sie ihre Vorstellungen gegen die Realität abtastete und das aussortierte, was ihr nicht gefiel.

Im Herz hat Brigitte Wärme und sucht. Die Kälte ist nichts für sie, sonst hat sie einen Panzer. Die Mutter gibt ihr nicht das, was Brigitte im Leben wirklich fordert.

Der Ursprung des Fehlverhaltens liegt in der Beziehung zur Mutter. Jemand, der früh Liebe erfahren hat, kann sich abgrenzen, weil er sich liebt. Brigitte sucht das Glück bei anderen und wird enttäuscht.

Es gibt schon familiäre Geborgenheit, aber heute stehen für die Mutter mehr die Enkel und Urenkel im Vordergrund. Es tut Brigitte weh, dass sie nicht so geliebt wird, wie sie es sich vorstellt.

Das Schlimme ist eben daran, dass Kinder bis zum Tod der Mutter hinter der Liebe herlaufen, ohne sie jemals zu erhalten. Es dreht sich im Kreis, wo der Teufel Regie führt.

Die Mutter will vielleicht noch, aber sie kann nicht mehr. Sie hat wenig Kraft und Brigitte hat Angst, dass sie bald stirbt, auf den Tod, auf den sie wartet.

Es ist wie bei den alten Indianern, die merken, wann es zu Ende geht und dann in die Wälder gehen, um einsam zu sterben. Es soll keine Belastung für die Nachkommen sein.

Die Mutter hat ihr Leben gelebt und Brigitte weint darum, dass sie das Notwendige nie erhalten hat und nie bekommen wird. Es ist das typische Weglaufen.

Es fehlt die Auseinandersetzung um das, was wichtig im Leben ist. Nämlich klar seine Meinung zu äußern und sich durchzusetzen, nicht auf Kosten anderer, sondern um selbst ein Glück im Leben zu haben, was jedem zusteht.

Moni schafft die Pflege der Mutter nicht mehr und Brigitte hat Angst, dass die Mutter im Altersheim stirbt. Es ist bedrückend für sie und wünscht der Mutter einen schönen Tod.

Brigitte verabschiedet sich jetzt schon mit Tränen und will eben ihr Geschenk an die Mutter schriftlich niederlegen. Es ist ein Liebesbeweis, der für alle Verwandten ewig halten soll.

Kommunikation ohne Dialog

Eigentlich dachte Brigitte, sie hätte es durch die Heirat, aber die Mutter meinte, dass schon in der Jugend bei Ableben der Mund extra totgeschlagen werden müsse.

Es ist dieser chronische Redewahn, der Brigitte manchmal für die Umwelt sehr belastend erscheinen lässt. Sie batschelt und batschelt. Wer redet kann nicht denken!

Brigitte sieht, dass es zu viel für andere ist, wofür sie von den Geschwistern eins auf den Mund bekam. Das viele Reden ist aber ausgeprägt ohne Dialog, sie quatscht das Gegenüber tot.

Es ist eine Einwegkommunikation und manchmal reden die Familienmitglieder so viel, dass Brigitte sich beschwert, selbst nicht zu Wort zu kommen.

Vom Reden war die Mutter ruhig, während der Vater auch viel Temperament hatte. Seine Familienseite ist der prägende Anteil für Brigitte. Aber nicht alles ist genetisch.

Am Anfang sollte die Tat stehen. Viele Worte wechselt Brigitte oft um nichts. Denn es ist ja nicht so, dass Brigitte Wichtiges erzählt, sondern im Grunde nur reine Kommunikation.

Die Mutter überlegt eher zehnmal, bevor sie etwas sagt. Ihr Opa sagte, dass sie die schlimmste Sprecherin sei, die mit sich selbst und im Schlaf spricht. Auch den Partner im Bett belabert sie.

Brigitte stellt auch keine Fragen, sondern agiert wie ein Versicherungsvertreter, der ohne Luft zu holen die Unterschrift suggestiert. Im Verkauf wäre Brigitte ein Ass.

Brigitte überredet ihre eigene Seele, damit niemand in sie schauen kann, wie gut oder schlecht es ihr geht. Seltenes Phänomen, aber Brigitte verrät sich mit ihrem listigen Blick, denn ihre Augen reden die Wahrheit.

Hinter Worten lässt sich leicht verstecken. Es sind ja auch oft Einwände oder Vorwände. Die Körpersprache und den Blick kann man nicht beeinflussen. Brigitte ist ertappt.

Brigitte erkennt auch bei den Augen anderer, wie die vom Charakter und Laune geartet sind. Beim Haushalt und Knoddeln ist sie ausgeglichen, was sie gerne tut.

Von daher wäre eine Beschäftigung auch im Rentendasein optimal für eine innere Ausgeglichenheit, wodurch die Notwendigkeit des Schlechtgehens durch das viele Reden positiv zu kanalisieren möglich wäre.

Manche sagen zwar, Brigitte wäre ein kleiner Teufel, aber im Grunde hat sie einen einwandfreien Charakter. Sie ist gerade aus und nicht verlogen. Bei wichtigen Sachen weiß sie auch, was sie will.

Sie kann fordern, wenn sie Glück sieht, aber auch viel trauern um Sachen, die sie nicht mehr beeinflussen kann. Das ist eben entscheidend zu lernen, was man ändern kann und nicht.

Von Männern in der Nachbarschaft grenzt sie sich gesund ab. Eine richtige Freundin hat sie nicht, aber gute Redepartnerschaften wie mit Dorle, abgesehen vom Superverhältnis mit ihrer Schwester Cordel.

Feste Freunde sind wichtig im Leben, um sich zu besprechen, dann ist auch der Schritt zum Psychiater unwichtig, denn ein guter Freund zählt mehr als zehn Lallbekanntschaften.

Vertrauen

Eben richtiges Vertrauen hat sie nur zu Cordel. Ihr erzählt sie alles. Für sie kann sie die Hand ins Feuer legen. Bei anderen erzählt Brigitte eben nur Belanglosigkeiten.

Eigentlich ist das viele Reden doch mit Überlegung, denn sie kann differenzieren, wem sie was erzählt. Brigitte ist lebenstauglich und lernt dazu, mehr aus ihrem Leben zu machen.

Cordel wollte aber an Ostern Abstand, um Brigitte zu helfen, nicht immer abzuhauen. Brigitte tut das aus Angst, Konfrontation einzugehen und zu weinen und wurde gelobt.

Manchmal ist es wirklich besser, einer Situation zu entfliehen, anstatt ständig zu kämpfen und sich aufzureiben. Brigitte ist clever geworden im Umgang mit sich selbst und ihrer Umwelt.

Manche in der Familie haben zugenommen, Brigitte kämpft mit dem Untergewicht. Aber auch vom Körper ist Rivalität in der Familie. Brigitte steht mit zwei Kindern und Enkeln gut da.

Brigitte sieht sich nicht mehr nur negativ, sondern kann konkurrieren mit denen, die ihr oft wehgetan haben. Sie ist auf dem richtigen Weg sich abzuheben.

Die Nichten und Neffen wollen keine Kinder. Brigitte ist eine Urmutter und –oma. Irene versteht dies nicht. Brigitte hat mehr Emotionalität im Körper als der ganze Clan, was Neid produziert.

Aber wenn sie die Tür hinausgeht, zieht sie den schützenden Redepanzer an. Da ist verbales Davonlaufen, um eigentlich nur Gesellschaft zu haben und nicht mit sich selbst weinen zu müssen.

Ausser zu Cordel und Dorle hat sie kein echtes Vertrauen. Insgesamt kommt sie besser mit Frauen als Männern zurecht. Die Männer sind für einen schönen Spaziergang gut.

Da hat sie wieder eifersüchtige Ehefrauen, die Angst davor haben, dass Brigitte ihnen mit ihrer Lebendigkeit den Mann wegschnappt. Das sollte Selbstvertrauen geben.

Ihre gute Figur wird gelobt, aber sie betont vor Männern starken Respekt zu haben, auch wenn sie viele anspricht. Übertüncht Brigitte wieder ihr Unbehagen durch viele Worte und wenig Taten?

Das männliche Geschlecht

Brigitte hatte immer Angst vor Buben, als der Enkelssohn auf die Welt kam. Sie wusste nicht, was sie mit den Buben machen sollte. Sie konnte ihn nicht windeln.

Mit Männern hat eben Brigitte ihre Schwierigkeiten. Sie haben ein Teil, mit dem sie nicht zu recht kommt. Ist es die religiöse Erziehung, die sie abhält, offen zu agieren?

Brigitte hat eben Angst und scheiterte. Die Flasche konnte sie geben, aber vor anderen Notwendigkeiten drückte sie sich. Der Kleine kreischte und Werner musste ihn wickeln.

Verkehrte Welt für eine sonst so umsorgende Mutter und Oma. Brigitte hat in vielem Versargungsangst, sie scheut sich neue Aufgaben anzugehen, obwohl man gerade daraus lernt.

Werner verweigerte auch, denn er hat seine Mädchen nicht gewickelt und dachte an seine Schwester, die es dann erledigte. Nach stundenlangem Kreischen wurde Kevin gerettet.

Es ist eine Art Hilflosigkeit, die aber aus der inneren Unruhe herrührt. Schwierige Aufgaben, wenn sie wirklich so sind, müssen systematisch erledigt werden.

Brigitte hat heute noch die Angst vor kleinen und großen Buben. Die Kinder auf dem Spielplatz reagieren für sie auch noch unberechenbar. Mädchen kennt sie und kann sie einschätzen.

Wie ist das diffuse Verhältnis nach 30 Jahren Ehe zu erklären? Ist sie immer noch der Stockfisch? Hat sie Angst sich als Frau zu offenbaren? Es gibt sicherlich viele Gründe für den Jungenkomplex.

Sie hat angeblich keine Angst vor Männern, sondern vor Buben. Männer baggert sie nicht an, sondern ist frech zu ihnen, auch wenn die Hormone manchmal verrückt spielen.

Schwer zu erklären, aber die Grenze ist eben gesetzt, so dass sie wirklich besser mit Frauen zu recht kommt und in der weiblichen Welt mehr Zuneigung, aber auch Ablehnung erfährt.

Zu Jugendlichen hat sie auch kein Verhältnis, sondern macht lieber einen Bogen um sie. Die denken an Sex und das ist für sie ablehnend. Es sind eben veraltete Verhaltensweisen und Einstellungen.

Wenn jetzt einmal ein Mann Gewalt gegen sie ausgeübt hätte, wäre diese Furcht erklärbar, aber dem war nicht so und das Verhältnis zum Vater stellte sich ideal dar.

Das Männerbild ist nicht vom Vater geprägt. Früher hatte sie keine Angst vor Buben, sondern spielte gar mit ihnen, selbst Fußball. Sie trug selbst Narben davon und hatte ja ihre Sandkastenliebe.

Wann kam der Umschlagpunkt? Nach Günter und im Übergang zu Werner? Wir werden wohl keine endgültige Lösung finden, die in Brigittes Männerfurcht liegt.

Brigitte liebt Veränderung und will immer dazu lernen, auch wenn sie gerne ablenkt. Brigitte kann mit den Männern umgehen, aber eben nicht mit Buben.

Sie dachte oft, was will der Schossel? Nach dem Tod Werners glaubte sie keine Männer zu brauchen und wollte keinem mehr vertrauen. Brigitte glaubte alles verloren zu haben und machte um die Männer einen Bogen.

Da kommen wir der Sache schon näher. Sie war immer noch enttäuscht von der Affäre DDR-Schweinchen, die sie ihrem Werner nie verziehen hatte und auf das starke Geschlecht projezierte.

Kein Mann konnte Werner das Wasser reichen, aber als Witwe mit ihren veralteten Vorstellungen baute sie einen Panzer auf, der innerlich mehr bewacht als die deutsche Mauer.

Der Vergleich hinkt nicht, denn urplötzlich wurde der Panzer wie die Mauer abgerissen, wo die Überzeugung war hinter die Kulissen zu schauen. Da gibt es auch Männer, denen man vertrauen kann.

Das Gute muss man herausfischen, wenn man allein ist, meint Brigitte. Und das kann sie heute. Denn am Ende steht die Freiheit, auch wenn Brigitte Kontakt braucht.

Aber Kontakte sollten nicht nur in der Familie sein, denn die kann man sich nicht aussuchen. Freunde sind wichtig im Leben, um es so zu gestalten, dass Lebensglück entsteht.

Brigitte zog selbst das Enkelchen Jasmin groß mit Unterstützung der Kinder. Nach dem Tod Werners war der Kontakt wichtig, aber es war kein Partnerersatz. Brigitte will immer umsorgen.

Das große Herz blutet nicht aus, so dass Brigitte die Männerwelt ersetzte durch das familiäre Glück, das aber nie so befriedigen kann wie eine gute Partnerschaft.

Jeder ist ersetzbar. Der Mann ging fremd und Brigitte verzichtete auf Sex. Die Männer taten grundlegend Brigitte nicht weh. Sie betont immer die Höhen und Tiefen als normal.

Brigitte ist hier nicht ganz ehrlich. Sie sieht Situationen als gottgegeben und akzeptiert die Realität so, als ob sie sie nicht selbst verändern könne. Jeder muss entscheiden, was für ihn gut ist.

Von 1991 bis zum Tod Werners ging sie durch die Hölle. Sie schimpfte über die Rothaarigen. Warum sind die Männer überhaupt da, nur zum Kinderkriegen?

Schon wieder steht Adam und Eva im Raum. Die Religiosität zieht sich durch ihr Leben wie ein roter Faden. Man kann behaupten, dass sie immer für einen mehr Wassergeld bezahlen musste.

Der katholische Unterricht besetzt den familiären Raum. Angeblich spielt die Religion keine Rolle im Verhältnis zu den Männern, aber wenn man erst Sex nach Dunkelheit und verdeckt macht, ist das schon ein Hindernis.

Der Vater als prägende Figur war stark, sogar sehr. Er setzte sich mit seinen Verhaltensweisen durch. Er kam gern nach Hause, genoss aber auch seinen Freiraum.

Die Großfamilie stand im Vordergrund, aber der Vater wollte sein Leben, was die Frauen nicht gern sehen. Frauen sind immer neidisch auf den Erfolg des Mannes.

Das Sagen hatte die Mutter, während der Vater arbeitete. War er wirklich so stark? Brigitte war ein Vaterkind, denn die Mutter hatte keine Zeit oder wollte sie sich nicht nehmen.

Brigitte holt ihre Mutter in Schutz in dem Sinne, da sie weiß, dass einiges in den Emotionen schief lief. Normalerweise rennt ein kleines Kind nicht zum Vater, sondern lässt sich von der Mutter versorgen.

Die Mutter stilisierte sich durch dicken Bauch und schwarzen Kittel. Sie hatte mehrere Eheringe und einen Fimmel für Schmuck, aber doch bereit mit einem getragenen Ring die Ehe nach außen zu transportieren.

Insgesamt war es eine gute Ehe, wo der Mann sich in Maßen unterordnete, aber sich gut um die Kinder, besonders Brigitte, kümmerte und sein Leben mit Treue gestaltete.

Ein Ring landete im Abfluss und Brigitte durfte sich bei der Mutter einen aussuchen. Sie brachte ihn dem Vater. Es war das Symbol der Zuneigung und Hochachtung.

Brigitte nimmt eben das Materielle, wenn sie die Liebe nicht haben kann. Der Ring ist ein Symbol der Verbundenheit, der Gemeinsamkeit, wie Brigitte es versteht.

Irene ging nie aus sich heraus. Sie kreischte schon einmal und schlug zu, wodurch die kalte Wärme gefestigt wurde. Brigitte konnte es ihr nie richtig verzeihen.

Man schlägt mehr in die Kinder herein als heraus. Das dürften sich die Eltern klarmachen, wenn sie Gewalt anwenden. Mit Zuspruch und Liebe kann mehr erreicht werden.

Brigitte meinte, dass sie selbst Schuld war, selbst bei 100 Besenstielen, die auf der kleinen Brigitte kaputt geschlagen wurden. Sie behielt aber stets das letzte Wort.

Brigitte wehrte sich eben mit Worten. Wenn der Vater schlug, war er jähzornig und dann sehr brutal. Er trat selbst Brigitte. Der Vater tat es nicht gern, aber bei Zeiten ging ihm der Gaul durch mit all seinen Töchtern.

Es war eine andere Zeit als heute, aber gerade Brigitte brauchte mehr Wärme als die Geschwister. Der Schlag war da nicht das erprobte Mittel, um eine junge Frau mit Selbstvertrauen heranzuziehen.

Brigitte meinte aber doch eine behütete Kindheit gehabt zu haben ohne Vorwürfe und mit viel Danke. Irene war streng, aber mit Erziehung zu Menschen.

Zur Theorie der psychotischen Reaktion

Ganz entscheidend ist das Verhältnis zur Mutter, wenn der Vater die Ersatzmutter spielt. Ist die Liebe der Mutter nicht ausgeprägt, ist sie kalt, kann man auch zur Großmutter laufen.

Fehlt dies, steigert sich ein Hang zu Sekundärgruppen oder politischen, sozialen bzw. religiösen Vorstellungen, die das Loch im Ich füllen. Die Primärgruppe – sprich Familie – ist gescheitert in ihren Bemühungen.

Es entsteht ein Symbiosekomplex, oft zum Lebenspartner. Trotz Schmerzen kann man und will man sich nicht trennen. Es wird Nähe erfahren, aber man erträgt sie auch schwer.

Die Autonomie ist nicht genügend ausgeprägt, so dass eigene Identität nur schwer Fuß fassen kann. Der Vater kann die fehlende Herzenswärme der Mutter nicht ersetzen. Es entsteht eine verkehrte Welt.

Bindungen werden eingegangen, aber die kalte Wärme kann nie aufgehoben in eine wirklich freudige und sonnige Existenz. Der Selbstmordversuch steht nach ersten Krankenhausaufenthalten immer im Raum.

Das fehlende Urvertrauen mit den schweren Verletzungen in der Kindheit zeigt sich dann auch im Verhältnis zu Kindern und Enkeln. Sie werden geliebt und doch sind sie oft Belastung.

Im Emotionsdefizit ist die Sexualität oft versetzt in neurotische Phasen oder manifeste Unterdrückung des Wunsches des Partners und eigenem Ausleben.

Nach Freud ist eine Psychose eine narzisstische Neurose. Diese Theorie ist oft nicht zu untermauern, da vielen Psychotikern gerade die Eigenliebe fehlt. Neurotische Spuren sind meist auch durch die Medikamente ausgelöst.

Stand der Dinge ist, dass Krankheit verweigerte Sozialenergie ist. Angebote werden abgeschlagen und es erfolgt das Alleinsein, obwohl es manchmal besser ist, allein zu sein als in schlechter Gesellschaft.

Brigitte läuft der Liebe der Mutter bis zum Tod hinterher, ohne sie jemals zu erhalten. Sie war typisch für Psychotiker ein Vaterkind, der sich in entscheidenden Situationen aber gegen die starke Mutter nicht durchsetzen konnte.

Die Lösung ist selbst die Mutter zu sein, um sich und anderen so zu begegnen, dass Wärme ausgestrahlt wird und man sich versorgt. Dann ist es ein Schritt zur „Selbsthilfe zum Glück".

Bernd Hensel im Mai 2014

brandflecken in meiner seele

männer treten
in mein leben
und lassen
mein herz
erglühen.
wenn sie gehen
hinterlassen sie
brandspuren
in meinem herzen.

(Ursel Kar)